眺望

丁和木书

徐建平 著

海峡出版发行集团 | 海峡文艺出版社

图书在版编目（CIP）数据

眺望 / 徐建平著. — 福州：海峡文艺出版社，2025.6
ISBN 978-7-5550-4103-0

Ⅰ. I267

中国国家版本馆 CIP 数据核字第 2025R7L667 号

眺望

徐建平　著
出　版　人　林　滨
责　任　编　辑　余明建
出　版　发　行　海峡文艺出版社
经　　　销　福建新华发行(集团)有限责任公司
社　　　址　福州市东水路 76 号 14 层
发　行　部　0591-87536797
印　　　刷　泉州市精彩数字印刷有限公司
厂　　　址　泉州市鲤城区美食街 183 号织造厂内原综合楼一层
开　　　本　889 毫米×1194 毫米　　　1/32
字　　　数　200 千字
印　　　张　9.75
版　　　次　2025 年 6 月第 1 版
印　　　次　2025 年 6 月第 1 次印刷
书　　　号　ISBN 978-7-5550-4103-0
定　　　价　36.00 元

如发现印装质量问题,请寄承印厂调换

一个纯粹校长的校园纯真样子

柳袁照

初见即惊艳
他有叶圣陶的影子

瘦瘦的高长个子，第一次见面，似乎还有些腼腆。见面，他送我两本书，一本诗集，一本文集。谦虚地对我说：为了见您柳校长，特意赶制出来的。他与我有相同的经历，曾任晋江市教育局办公室主任，后来去做了校长。喝了几盅茶后，不那么拘谨了。他说：我曾去过苏州十中，见过您，柳校长。

这下轮到我尴尬了，曾见过面的人，怎么记不得了呢？我竭力回想那一幕：当年泉州的晋江市几年中分别派了4批9位校长来挂职，每次都由不同的局领导与责任处室的负责人送来，我注意了领导与挂职校长，往往疏忽了具体办事的人员，真是惭愧。

当年泉州来校长挂职，如今我时常被邀请去泉州讲座或课题指导，却有回家的感觉。去年，福建启动省哲学与社会重大课题"诗性教育推动基础教育学校育人方式转变的理论与实践研究"，第一批课题组学校，没有他的学校。不料，课题组组长、泉州市教科院汤向明院长，却郑重地向我推介他，说：柳校长你不妨去他学校看看。我在课题主要基地晋江市毓英中学，王宽购校长也这样竭力推荐，当时我心里就在想：这么一个诗性的校长、诗性的学校，又为何不在课题组呢？

我找机会更快见了他，去了他的学校。确实让我惊讶，严格地说，让我惊艳。他叫徐建平，他所任校长的学校叫晋江市第五实验小学。如今又是一个教育集团，徐建平又任总校长。学校坐落在晋江陈埭镇，陈埭镇人口40多万，被称为"中国鞋都"，还是安踏集团总部的诞生地。晋江市第五实验小学就是安踏集团创始人丁和木先生参与创办与资助的学校，有传奇、有故事。

徐建平校长，是一个叶圣陶式的教师。叶圣陶在苏州小镇上做语文老师，徐建平在晋江大镇上做语文教师，只是叶圣陶还不是校长，而徐建平还做了校长。这只是形式，只是经历。关键是本质一致，叶圣陶是作家，徐建平也是作家，他们教书育人的同时，也都写了文学作品。更重要的是：徐建平与叶圣陶一样，有教育的担当、教师的责任、文人的情怀、诗人的气质。

为367位毕业生每人写藏头诗
做绝了的校长

作为一个校长，他竟然也写诗。不过，他不是单纯地写诗，他会为毕业班的孩子写诗。把每一个毕业生的名字嵌在诗句中，作为毕业礼物送给孩子们，这是一种怎样的纪念与念想？

那是 2021 年，徐校长在毕业典礼上，当场给 367 位小学毕业生送了份别致的礼物——"藏头诗"祝福语，用每个同学的名字开头，写上两句祝福语，不用印刷体，自己亲笔书写，一人一份，每个人都不一样，量身定制。

为何这么做？他说：小学六年是一个人学习时间最长的阶段，给毕业生留下一个怎样的别样的念想，是每年毕业班每个教师都在认真思考的问题。

教师们很用心，那年他们设计了"时光印记"——展现孩子们入学时的掌印，情深谊长。于是，徐校长也要别开生面，设计了毕业纪念卡，提前半个月，晚上加班加点，一份一份用手书写，有时写到深夜 2 点多。用心良苦，他不仅仅嵌名字，还力图把学校的"五彩"文化内核和吉祥物"鲲鹏"结合进祝福语里，要让他们铭记这些文化符号，并能融入血液和梦想之中。

这一度让徐校长成为"网红"，不少媒体，包括主流媒体与自媒体共同聚焦，既是他才华的呈现，更是他情怀的显露。他自己也很珍惜这样的举动，专门写了文章，发表在报刊上，被争相阅读，有一家公众微信号为此报道，点击量达到近 60 万。

学校有一个诗意的校长
会让学校每一天都有仪式感

一个优秀的校长，不在乎他有什么名头，名头有时纯粹是偶然的因素、背景的因素、外部社会需求的因素等。他默默无闻，不善于讲大道理、讲高深的理论，但是他有故事——有与孩子们一起的故事，这样的校长，踏踏实实、实实在在，孩子们遇到，才是孩子们的福分。

徐校长到岗的开学第一天，就与别人不一样，与卡通人一起，站在校门口，充满仪式感。手拿"福袋"，孩子们可以去抽纸条，有的写着你可以免当值日生一次；有的写着你可以当一天班长；有的写着你可以来和校长拍照；等等，什么稀奇古怪的"奖励"都有。这些小纸条，让孩子们好奇，感到神秘。

徐校长说：春节之后，孩子们都沉浸在春节的气氛中，如果可以有一个简单而别致的入学式，就更好了，可以自然地转移孩子们的兴奋点。于是，他们就设置了"卡通人迎学生""大队委员送福主题快板""送福袋""挂花灯""年度汉字"等迎接新学期的入学环节，既娱乐又有意义。

后来，那两个摆放在校门口的简单卡通形象，成了每天家长接送孩子们拍合影的热点。拆开"福袋"后，简单的礼物给孩子们带来的欢呼雀跃，让偌大的操场上空沸腾成了欢乐的海洋。仪式感能让孩子们在学校每一个普通的日子，都变得有趣和值得纪念。

为每个孩子创设仪式感，这才是教育的"用心"。徐校长的用心，来自他体贴入微的感受。他说，升国旗仪式上，当升旗手的孩子一定不用担心会迟到；入队仪式上，再调皮的高年级的孩子为低年级的孩子系上红领巾时，一定是无比庄重。每次学生参加各类活动和比赛后，无论获不获奖，学校在周一的升旗仪式后，都会举行简单隆重的欢迎仪式，肯定学生在活动或比赛过程中的点点滴滴，让学生从全校学生的掌声中感受到成功的价值。

喜欢坐在窗前看风景的人
也喜欢与孩子击掌
那是校长对教育的一往情深

徐校长有个习惯，他喜欢临窗而坐。他认为，临窗能治愈。他的学校是一所丰富多彩的学校，各种各样的活动几乎都有。雨后，透过办公室的窗，他喜欢在窗前看轮滑队的少年竞速追逐，足球队的队员在带球奔跑，等等。他说：那是孩子们青葱的拔节，简单却快乐。

徐校长是一个感恩的人。安踏集团创始人、学校董事会董事长丁和木先生，先后为学校的发展捐资了1000多万元。他特别尊重丁先生，一直记得丁先生有一次在学校临窗凝视的情形：5月的一个下午，阳光像往常一样肆无忌惮，丁先生来了学校，先察看了他捐建的综合馆，后又认真地察看了一个个奖牌和奖杯。当他来到走廊，站在窗前，凝视操场上、教学楼中欢腾跳跃的孩子们，刚才还在谈笑风生，突然安静下来，不说一句话，标志般的宁静笑容凝固在脸上，雕塑一般。

临窗而视，不仅看到的是眼前，过去、现在、未来，都会在窗前出现，那是视野，无限广阔的视野。徐校长与丁先生一样，深情中的视野，常常让人动容。

又有一天，"丁和木梦想中心"启动仪式在学校举行，丁先生与刚成立的校轮滑冰球队的小队员，隔着厚厚的手套，逐个击掌。防护面具后面，那些童真的脸庞上写满了兴奋与信心。徐校长说：此后，追风逐梦的路上，相信这次击掌，一定会成为孩子们不懈的精神动力。

喜欢坐在窗前的人，总会被窗前的风景所吸引，由不得自己，会走入风景之中。假如，孩子们是风景的话，老师们与他们的一个个击掌，无疑是双向奔赴，融入风景。

徐校长总是记得这么一件事：那天，一如往常，他站在校门口，与每个孩子击掌、问好。三年级一位女生走到他的面前，怯生生地伸出手掌，轻轻地碰了一下校长的手掌后，又迅速收回，并小声地说了一句"早上好"。没等校长反应过来，她就跑开了。徐校长竟然怔住了，随后狂喜。为何呢？这位女生两年前家庭变故，性格内向，严重孤独。徐校长每次遇见，主动想与她击掌，可总是遭到无表情的拒绝。后来，生怕触动她心底那敏感的核，不再勉强，相遇只是鼓励性地"笑一笑"。长时间的等待，惊喜不期而至。现在，她每天都与校长击掌，还能见到她羞涩的微笑，徐校长把这看作是教育耐心等候的成功。

击掌是一扇窗，让人感受到了另一个世界的丰富。徐校长说：在这里，可以看到惺忪的睡眼，嘴里狼吞虎咽的早餐，开心的交流、紧锁的眉头、有条不紊的从容、丢三落四的慌张，可以看到孩子们带来惊艳的作品、五花八门的装备，等等，这些都是美妙的风景。他还有一句让人感动的话，说："流年在与孩子们每天击掌的缝隙中流逝——没有人可以永葆童真，但守护童真，正是教育工作的应有之义。"

这样的故事比比皆是，幸运的是，他还能把这些有韵味、有回响的故事写出来。汇聚成册，取名《眺望》。为何叫"眺望"？显然是眺望教育、凝视学校、眺望孩子、眺望家乡。他说：发现，眺望是对孩子最好的姿势，每天，在校门口，面带着日益苍老的微笑，在校门口，每天眺望着一个个、一群群孩子走向我，我和每个孩子击掌、问好，鼓励孩子们"笑一笑"，是我每天感觉最幸福、最治愈的时刻。

徐建平校长请我写序，我欣然答应，因为写序的过程，是我认真读这本书稿的过程，是一次很好的学习机会，是我的荣幸，再一次对徐校长表达敬意与感谢。

（作者系中国作家协会会员、全国著名特级校长、全国诗性教育倡导人、江苏苏州第十中学原校长）

目 / 录

五彩履痕

如影随形

若有所思

一掬心香

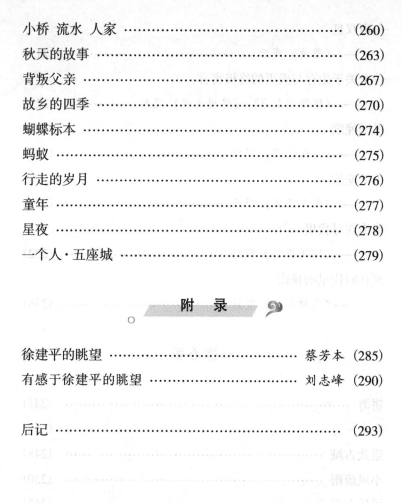

附　录

五彩履痕

让仪式感丰盈学生的生长

　　5 月 15 日，学校组织了首届"家长开放日"活动。活动后的那天中午，一位三年级的家长给我发了条近 800 个字的长短信，除了对"家长开放日"活动的感想与建议之外，特别提到了一个小插曲："开学第一天，我儿子欣喜若狂地跑到我跟前道：'妈妈，今天我们学校来了一个新校长。'接着神秘地拿出一个'福袋'，抽出一张纸条开心地说：'我可以免当值日生一次，我们班上同学有的当一天班长，有的和校长拍照……'这真是一个有创意的活动，孩子那么容易满足，让孩子开心了好久。看到孩子开心，我也跟着开心……"

　　这条短信把我的思绪拉到了开学前。在讨论开学式时，此前学校的惯例，秋季新学年的开学式很隆重，但春季的开学式没有组织。当时，我就有一个简单的想法，春季的开学式是在春节之后，孩子们都沉浸在春节的气氛中，如果可以有一个简单而别致的入学式，就可以把孩子的注意力吸引到学校来。班子成员也有同感，于是，就定了"卡通像迎学生""大队委员送福主题快板""送福袋""挂花灯""年度汉字"等几个简单的节目。

没想到，那两个摆放在校门口的简单卡通形象，成了每天家长接送孩子们拍合影的热点。拆开"福袋"后，简单的礼物给孩子带来的欢呼雀跃，让偌大的操场上空沸腾成了欢乐的海洋——"福袋"是老师们网上购买的，一个0.5元——更不曾想，两个月后，家长还能将这件小事记住。

突然想到，孩子们在学校的生活漫长，仪式感能让孩子们在学校每一个普通的日子，都变得有趣和值得纪念——生命中一些别样温暖的时刻，氤氲在心里，能丰盈他们的生长。

我国自古以来就是个注重仪式感的国度。从《左传》中的"中国有礼仪之大，故称夏；有服章之美，谓之华"，到孔子的开笔礼；从庙堂之上的三拜九叩，到江湖之下的婚丧嫁娶；从吃大闸蟹的"蟹八件"，到茶道的十二流程。仪式除了有一定固定的流程外，更重要的是有心的介入，承载一种价值观念和情感。仪式对于人的感染和教化作用是基于仪式所附加其中的仪式感。

仪式是学校教育的重要载体，开学典礼、毕业典礼、校庆典礼、升旗仪式、颁奖仪式等。仪式感能让学生从心里去重视一件事情，重视，就是仪式。而孩子就是有种把普通的日子过出仪式感的天赋。如升国旗仪式上，当孩子被选为升旗手时，你一定不用担心他会迟到；入队仪式上，再调皮的高年级的孩子为低年级的孩子系上红领巾时，一定是无比庄重的。从某种意义上说，仪式感，其实也是一种强烈的自我暗示，这种自我暗示能够使个体自我革新，迅速提升专注、思辨等品质。

我校体育特色明显，足球、排球、篮球、乒乓球都是许多同学的兴趣，校本课程、学校少年宫、教师们日常尽职的训练，加上打鸡血般的各级比赛等，导致一部分学生难免静不下心来，影响了上课的效率和学习成绩——有的甚至以兴趣爱好作为放弃文化学习的理由。针对此情况，每次学生参加各类活动和比赛后，无论其获不获奖，学校在周一的升旗仪式后，我们都会举行简单隆重的欢迎仪式，肯定学生在活动或比赛过程中值得肯定的种种点滴，让学生从全校学生的掌声中感受到另一种价值。在此基础上，引导他们兴趣爱好与学习是"两不误""相促进"的。一段时间之后，教师们反映效果不错，许多学生改变了"心如平原放马，易放难收"的状况。

在仪式感的培养过程中，我们却经常步入一个误区，把一种仪式的要求，当成简单下达任务。如，每天上学一定要带校徽和红领巾等，却没有真正地告诉学生为什么要这样做。所以孩子只会知道，他被要求怎么做，而不清楚为什么这样做、怎么做。有的学生不仅不认为这是种仪式，反而认为是一种负担。这无形中降低了仪式感的教化意义。

"总是深情留不住，偏偏套路得人心"。突然想起，多年前流行一个词"小确幸"，指微小而确切的幸福，这种幸福，应该来自生活的一个个大大小小的仪式感，它能在孩子的成长历程中，留下一个个难忘的、标本意义的里程碑。

作为教育工作者，为孩子们尽可能多地创造仪式感，并让孩子铭记，其实是在让孩子们学会一种收获幸福的能力——在人生大多平淡又苍白的日子里，找到诗意的栖居，然后找寻继续前行的微光和理由——这是共鸣，更是坚守！

（原载《福建教育》2018 年 4 月号 "卷首语"）

彼 此 拥 抱

在参加那次活动之前，作为一个普教工作者，对特教工作知之不多。印象中有几个关键词：残缺、灰色、怜悯……甚至有些害怕，因为亲眼在一个朋友家见过自闭症的孩子从安静到歇斯底里那瞬间的可怕变化……直至 2013 年 5 月 16 日，去晋江特教学校帮忙筹备"全国助残日"庆祝活动，有机会走近特教学校，那一刻，彻底改变了对特教学校及其教师、孩子们的印象。

还记得那个穿着红舞衣旋转的节目，一群花样年华的少女，虽然她们听不到伴奏的音乐，但看着手语教师灵活简单的指挥，她们一样微笑、一样热烈、一样激越。当那团旋转的火红快速幻化成一团炽热时，谁能想到她们是折翼的天使——那一刻，我干涸已久的小泪腺复活了——她们有一样的童真，却有不一样的童年。这里的师生们一样与阳光、微笑、七彩相伴。那一刻，我突然觉得，特教孩子们给予我们的，不仅是让我们的悲悯之心找到理由，他们一样给我们带来对生命的意义更深层次的诠释——他们虽然是折翼的天使，但依然有向阳光生长的努力和能力。帮扶他们的同时，自身何尝不是在汲取向上与向善的养分——这种给予是相互的，而非单向——
一样的温暖，一样的明亮。

之后，因工作关系，我开始更关注特教学校，关于他们的
事，在力所能及的范围内尽量帮忙。于是，每一个助残日，我
都会参加。记忆中那一块块孩子们制作的美味饼干、设计的新
潮发型、表演的威猛跆拳道……还有学生校外走失了，全校的
教师满晋江自己开车去找到深夜 2 点的惊心动魄，还有聋哑大
学生张天取走出特教又回归特教的追梦传奇……这一个个有温
度的故事联结出许多人的感叹：这些孩子是不幸的——因为
上天的不公平，但他们又是有幸的——因为遇上了晋江特教学
校，遇上与爱与责任相伴的教师团队，涵养着五湖四海的爱与
牵挂，他们的生命得以重生，不断遇见更好的自己的同时，给
更多的人以激励、坚持的理由。

更想起 2015 年特教学校在全省率先启动"送教下乡"以
来，我更为特教老师们的无疆之爱所折服，我敏感地觉得这是
个很好的新闻点，于是写了不少消息报道，更联系了几家媒体
前来报道，影响越来越大，先是晋江市，后来泉州市、福建
省，最后上了《中国青年报》。这是一种怎样的坚持，特教老
师们自己开车有的要几十千米到重残孩子的家中，为他们上
课，帮他们做康复训练。这些孩子的家族，因为救治这些孩
子，基本上掏空了，食宿条件非常差。孩子因为长期没有与人
交往，个性极不正常、不配合。但是这些教师们始终"不抛弃
不放弃"，在一片质疑声中，赢得了重残孩子、家长和社会的
认可。印象最深的是，永和镇的一个孩子，因为脾气暴躁，在

"送教下乡"之前，家长只能用铁链把孩子锁在家中，经过老师们努力，改变极大，每次"送教下乡"的教师们离开时，家长眼中的那种依依不舍，孩子们紧紧抱住老师们大腿那无言的挽留，让人的心，生疼不已……

今年的中秋节前夕，带我们学校的年轻的团队和小记者团，走进特教学校，和他们共同开展"普特融合，与爱同行"主题活动。活动的初衷，就是想告诉年轻的教师们，有一个更艰难、更用心的团队值得学习。我们一起，参观特教校园、与孩子们一起制作月饼等。活动过后，老师黄伟程写道："随着清晨的第一束阳光走进了特教，映入眼帘的一面墙，粉绿蓝橙的小蜗牛在太阳花的摇曳呵护中慢慢成长。这五彩斑斓的外部环境，特教的孩子们不一定能够真切感受到，但来自各界的温暖一定能够通过不同的渠道到达他们的心中。只要朝着阳光，便不会看见阴影。只要心中有爱，便永远没有悲伤。"三年一班的黄梓岚写道："我不知道这世界上还有这么多的孩子无法与人交流，无法看见蓝蓝的天、白白的云、绿绿的草地。想到这，一股莫名的心酸涌上心头。让我们手拉手一起帮助这些特殊的伙伴吧。"总有一些东西能轻易触动我们内心最敏感的温柔，无论年龄，无关职业。

突然想起，我们每个人何尝不是折翼的天使，彼此拥抱，才能穿越无边风雨的牵绊，飞抵心中的执念……

（原载《晋江经济报》2018 年 11 月 1 日）

雪一定要化成春天吗

女儿今年读初三，下半年就要上高中了，新高考是不可避免讨论的话题。今天，她和我说："我坚决不选物理！"我头脑一片空白——她怎么会有这种想法？马上又联想到这很正常——上百度搜索一下，《新高考"弃物理"成趋势　物理学界心塞：后果很严重》之类的报道铺天盖地。这次，网上的意见与标题一样惊人相似。

记得有位国际物理大师曾说过："一个没有物理素养的民族是愚蠢的民族！"小时候，我们对"学好数理化，走遍天下都不怕"一句烂熟于胸。物理学科是现代科学的基础，曾几何时，能学好物理就是"高智商"的代表，为何转眼间就被"嫌弃"至此呢？追根究底，物理学科比较难是主因——难在严谨、刻板与枯燥。

猛然想起，刚开始课改那阵，有个著名的案例，一次考试中，一题"雪化了变成了什么"，一个孩子回答"变成了春天"，教师判其错误，舆论一片哗然，呈一边倒地批判——不仅是推行素质教育的绊脚石，更上升到因为限制了孩子的想象，所以诺贝尔总是抛弃中国云云。

作为文字爱好者，今天之前，我是上述观点的坚定支持者，为孩子惊人的想象力点赞。但今天，我陷入沉思——雪融化后，变水，是严谨的客观的科学常识，是小学生认知世界的第一印象、第一把钥匙。雪化成"春天""希望"等，作为诗意的表达无可厚非，但对刚刚建立对世界认知的小学生来说，是否出现常识的混乱？

想起诺贝尔奖 111 人是德国人，德国人的严谨刻板想必是众所周知的——做饭时，严格按菜谱的指示，盐几克等，都要用天平称完再下锅。反观我们的文化，"差不多""大约"充斥在我们身边——做菜时，盐少许，多少呢？厨师凭经验看着办。今天植树几棵呢？大约几棵——从某种角度看，我们与诺贝尔奖无缘，或许不是因为缺少天马行空的想象，而是因为缺少德国人那样的认真、严谨、执着。

在机关工作几年，整天与文字、数据打交道。政府的公文和汇报材料，需要绝对的严谨，每个数据都要前后统一，稍微有出入，马上就会露出马脚，造成事故。所以，每份材料出手前，每次都要为"大约""差不多"的数据，反复核对，耗费心力。

又想起，1967 年苏联的"联盟一号"宇宙飞船在返回大气层时，就是因为地面检查时忽略了一个小数点，导致减速降落伞无法打开，宇航员在现场直播的亿万观众面前殉难。再想起，前几年风靡全国的《喜羊羊与灰太狼》在法国禁播风波，虽然被证实是谣言，但不得不引起我们深思——狼吃羊是本能，是自然界的法则，如果连最基本的常识都可以颠覆，如何让我们的孩子面对真实的世界?

回到最初的原点,雪化了变成什么——首先一定是化成水。春天、希望、收获等表达,是变成水这一科学常识固定之后更诗意的表达——这与科学的严谨无关,是文学拓宽孩子成长空间的另一种方式。

(原载《泉州晚报》2018年5月,并获泉州市2018年教育随笔大赛三等奖)

临窗是种治愈

那天早上，久违的冷雨让校园安静了许多。雨后，透过办公室的窗，看轮滑队的少年在寒风中竞速追逐，足球队的队员在带球奔跑——他们青葱地拔节，简单而快乐。突然觉得，临窗——是种治愈。

多年了，在故乡和他乡的烟火间流转，旅途中，一直偏爱靠窗的座位，动车预订选座时，总毫不犹豫地选择车窗那侧的位置。置身于车厢的喧嚣里，目光却依然可以关注着窗外。那些一晃而过的起伏的群山、婆娑的绿树、别致的屋顶、在田野里劳作或抽烟休憩的农人，甚至是散落在山脚里进食的牛羊等，都可以牵着我们走进蒙太奇般的故事里——他们是幸福的，悠然而缓慢，不去想如影随形的烦恼，也不去梳理慌慌张张的生活，暂且心无旁骛地神游遐想。

有时候，我会去猜想，那些高低错落的房子里，住着什么人，他们的身上发生过怎样的悲喜；那些穿行在高速公路上的车里，又有什么人，为了生活，要向何方奔忙。动车时停时走，开得越快，窗外的风景变幻得越快，有的甚至连成模糊的一片颜色，思绪也就会跟着不停地转换——因为对未知的期待，所以许多人选择远方。

还记得今年回老家的动车上那个满脸通红的中年人，浑身酒味，手机通话很长的时间后，突然发出一声歇斯底里的号叫，然后在车厢里无助地大声哭喊。听不清他方言里具体讲什么，只是，忽高忽低地自言自语，应该是遇上一场巨大的变故，那份中年人能感同身受的疲惫和绝望充溢着全身——复杂的疫情，改变了太多太多的人和事。我像所有的人，静静地看着他，没有劝阻，也没有安慰，而更多的人，看了一眼之后，依然面无表情地继续刷手机或睡觉……一段时间之后，他也许感受到了无聊，慢慢安静了下来。等我回头再看一眼时，他眼睛看着窗外，竟然趴在窗台上睡着了，醉红脸上，竟然有了笑容。也许是窗外的风景让他忘却了烦恼，收获了短暂而恬静的幸福。

更想起，安踏集团创始人，我所负责的学校的校董会董事长丁和木先生，先后为学校的发展捐资了1000多万元。那是5月的一个下午，阳光像往常一样肆无忌惮，接到通知说老先生要去学校走走看看。那天，他穿着灰色的长袖衬衫，看完他捐建的综合馆后，在接待室，认真地看着一块块奖牌和奖杯，了解每块奖牌和奖杯后面的故事。并畅谈起学校2012年创办时，他还住在学校不远处，基本每天都会来学校督促工程进度，特别是学校门口那块"书海"造型石，是他亲自到惠安选定，跟踪安装的……我印象最深的情景是，走出三楼接待室后，他站在走廊上的窗户，凝视窗外的操场、教学楼以及欢腾跳跃的孩子们，刚才还谈笑风生的他，突然安静下来，没有说一句话，只是静静地看着，标志般笑容凝固在脸上，雕塑一般……我也没有打扰他，许久之后，驾驶员问他，还要去原定的另一个地方走走吗？他说，不去了——临窗那刻，给这位传奇老人带来什么，虽然只有他自己知道，但一定是特别的。

相信，窗外，在不同的时间、不同的地点、不同的心境，每个人眼里都呈现出不同的具象——是父亲遥望家园的月亮，是母亲守候归期的炊烟；是暗夜里一支烟的迷雾，是晨曦里一缕光的守望；是四季与四季更迭，是生活和生活轮回，是离开，更是回归……此时，站在出差北京落脚的旅馆的窗外，车流与人流依然匆匆穿梭，迷离的霓虹拼命地闪着光，力图温暖夜的寒冷——窗里是悲欢，窗外是离合……

（原载《晋江经济报》2021 年 1 月 3 日）

击 掌 相 和

那天，一如往常，我站在校门口，和每个孩子击掌、问好。三年级学生小 L 走到我的面前，怯生生地伸出手掌，轻轻地碰了一下我的手掌后，迅速收回，并小声地说了一句"早上好"，没等我反应过来，就迅速离开了。我怔了一下，然后，狂喜撞击我的胸膛——守望之后，有花终于盛开。

L 是一个两年前遇上家庭变故的女生，性格异常地内向，总是一个人静悄悄地，与世隔绝般独来独往。之前，每天我主动和她击掌时，她总是面无表情地拒绝，静静地站在原地不动。我有几次和她沟通，她始终只低着头，不做任何回应。静静离开的背影里，有着与她年龄不相称的让人心疼的萧瑟——生怕触动心底那敏感的核。我不再勉强，经过我的面前，我微笑地摸摸她的头，鼓励她"笑一笑"。没想到，长时间的等待之后，惊喜不期而至——那天以后，L 每天和我击掌，还经常看到她羞涩地微笑了，虽然有时笑容中还夹杂着一丝挥之不去的落寞。

面带着日益苍老的微笑，在校门口，每天和每个孩子击掌、问好，鼓励孩子们"笑一笑"，是我每天感觉最幸福的时刻。击掌是一扇窗，让人感受到了另一个世界的丰富。在这里，可以看到惺忪的睡眼、嘴里狼吞虎咽的早餐、开心的交流、紧锁的眉头、有条不紊的从容、丢三落四的慌张……可以看到孩子们带来惊艳的作品、五花八门的装备……有施同学大老远冲过来，迫不及待地说"我昨晚做了一个噩梦，被坏人追个不停"的可爱；有丁同学开心地说"我昨天生日，爸爸从外地赶回来一起过生日"的温暖……有故意特别用力和我拍手后的"小阴谋"得逞后的得意、有用英语问候的"good morning"的清新……还能听到咳嗽声、感受到异常的体温、察看到受伤的创口……每个与众不同的发现，都能成为与他们交流的切入口，更可以与孩子们击掌为盟，约定美好……

又想起，那天安踏公益基金会"体教融合进校园"暨"丁和木梦想中心"启动仪式在学校举行，可敬的慈善家——安踏集团创始人丁和木老先生与刚成立的校轮滑冰球队的小队员，隔着厚厚的手套，逐个击掌。防护面具后面，那些童真的脸庞上写满了兴奋与信心。此后，追风逐梦的路上，相信这次击掌，一定会成为孩子们不懈的精神动力。"回报社会，帮助别人是一件很快乐的事情，而且这也是我应该做的。公益爱心这条路我们是走不完的，肯定走不完，但我一定会为此努力，并教育我的子孙要传承下去，并且将会做得更多更好……"老人铿锵的话语，成了那天让每个人记下的印记——有些东西，可以轻易跨越不同的领域，在共鸣的入口处，惊喜相逢。

童年时，因为知道世间的无，孩子们的世界异常干净；成年了，因为知道世间的有，我们的心海慢慢平静。流年在与孩子们每天击掌的缝隙中流逝——没有人可以永葆童真，但守护童真，正是教育工作的应有之义。

前几天，我写一幅字挂在墙壁上——"让孩子站在我们的双肩探索五彩的世界，让孩子通过我们的双眼烛照最好的自己。"就像让禾苗成长的，除了晴天的阳光，还必须有雨天的雨水，为了孩子们的茁壮成长，无论风雨，我每天弯下腰，安安静静地守候在校门口，伸出双手，期待着孩子们伸出的双手，让他们的梦想和我的生活击掌相和……

（原载《晋江经济报》2021 年 5 月 9 日）

藏在"藏头诗"里的故事

真没想到，这次无意间，我当了次"网红"——今年 7 月的毕业典礼上，我给 367 位小学毕业生送了份别致的礼物——"藏头诗"祝福语，用每个同学的名字开头，编两句祝福语，并手写，每份祝福都不一样，在网络上热闹了一阵。

毕业典礼前的一天，加班写这些祝福语到晚上 10 点多，完工后随手发了个朋友圈。第二天，本地的一家媒体就派员参加了毕业典礼报道，我以为是像之前一样的常规报道。又过了一天，在我不知情的情况下，并用该媒体的公众抖音号发了一小段这个故事。发布后，才有朋友传给我，我怪记者取了标题《别人家的校长》不太合适后，也没太放在心上。那天刚好是新生报名时间，领导来检查指导，在接待室交流时，固定电话响了，接起来，竟然是湖北一家媒体的电话，因有客人在，我连媒体的名称都没来得及细问，简单交流几句之后，便匆匆挂了电话。不想，第二天在该媒体的客户端发布之后，本地的微博媒体转发后，阅读量达 59 万多人次，那天还冲上了微博热搜——我在懵里懵懂之间，就体验了一次"网红"。

为什么做这件事，初衷很简单，对一个人来说，小学阶段

6年，是学习时间最长的，给毕业的孩子们留下一个别样的念想，让学校成为其成长历程中一个最重要的驿站，是每个毕业班教师的每年思考的命题，教师们很用心，设计了"时光印记"——展现六年级入学时的掌印等多个环节。而我，平时就有用孩子的名字写"藏头诗""点赞卡"的习惯，用来为孩子们的出彩表现鼓劲。毕业典礼前半个月的那天，我突发奇想，如果能用"藏头诗"的形式给孩子们送份祝福语，一定很别致，于是赶紧让人设计了简单的纪念卡，本想，祝福语用打印的形式，签名用手写，但纪念卡太厚，打印机老卡，再重新印，一来浪费，二来来不及，干脆就手写吧，一开始，我自己都没有信心，不敢说出去，期末事多，只能在晚上加班写，最迟的一个晚上写到了半夜2点多。孩子们的名字中，有的重名，有的生僻字，一度让思路"肠梗阻"，但我的倔强让我坚持了下来，赶着赶着，终于在毕业典礼的前一天赶出来了。

"弘志图强争朝夕，坤山领秀应可期""子以四教向五彩，烊金为梁志鲲鹏"，撰写的过程中，我有意将学校的"五彩"文化内核和吉祥物"鲲鹏"结合进祝福语里，让孩子们铭记这些学样的文化符号，融入他们的血液和梦想里——感恩，必须从铭记开始。每年毕业季，我都会让孩子们写下《五小，我想对你说……》汇编成册，当成毕业礼物人手一本。孩子们的心是细腻的，从操场到和木楼，从大榕树到吉祥物，从校长到教师，都有许多温暖的瞬间在他们心间定格。如六年7班的丁苑清写道："学校的午餐越来越美味；曾经老旧的投影仪，变成了智能白板。原本的空地，建起了小花园。四年级时，校门口大榕树下搭起了石桌，给晚归的学生提供了休闲学习的地方；五年级时，学校和木楼建成了，我们有了可以坐460个人的大舞台；六年级时，学校运动区增加了各式各样的运动器材，让我们的锻炼有了用武之地……"

毕业典礼在那天的下午举行，上午刚好参加一个会议，为了节约时间，所以这些祝福卡是由班主任上午先发给同学们，我没有直接看到孩子们拿到这些卡片时那一刹那间的表情，但至少可以相信，六年6班小记者丁艺昕事后写下的"校长的赠言是如此新颖，我会一直记得……"是多数孩子的心声。

说实话，我的书法一般，这些"藏头诗"祝福语因为种种制约，有的稍显牵强，但无论是网友们"校长做了班主任应该做的事"的批评，还是"我女儿是五小上一届的毕业生，她说真羡慕这些学弟学妹们"的鼓励，抑或是之前毕业生要拿初中毕业证来换祝福的调侃和我女儿的评论"他女儿也不配"的无奈等，我都坦然——于我来说，最大的收获是：教育，在许多时候是按部就班的工作，但工作不能按部就班，选择了从常态中选择一种不一样的改变，给自己、给孩子们一些惊喜。筑梦前行的路上，又一次挑战自己，我做到了。

有时候，向着艰难出发，在打破自己舒适的同时，带给自己和职业生涯一些印证和安慰——那些从执着到执念的努力，那些职责之外的付出，维护着生存之外的纯粹和憧憬，早晚会有人听见。

前段时间，我写了句话与学校的伙伴们共勉："让孩子站在我们的双肩探索五彩的世界，让孩子们透过我们的双眼烛照最好的自己"——致梦想、敬初心、见未来。

和箫声飞翔

2022 年的大年初一，学校的轮滑冰球队亮相央视新闻频道，小 L 在全国观众面前说："我之前没有见过雪，我期待享受飞翔的感觉。"之后，学校无人机代表队又斩获了全国创意编程项目的第一名，3 个学生操控着无人机自由飞翔游弋的画面，成为他们一生难忘的回忆。

每个人都有飞翔的欲望，只是人类终究不是飞鸟，如果不依赖其他物件而只是靠人类的体能自身，飞翔只能成为人类永久的梦想。好在人类的好奇心比任何动物都要强烈。人不仅要在大地上行走，人还想入水神游，还想在太空中翱翔，从古到今，从中到外，无一例外。

生命的缺憾构筑了美。在古代，人类的鸟崇拜就成为自然而然的事情了。因为鸟会飞，人类就执着地相信鸟身上具有某种神性，他们甚至把太阳也想象成一只大鸟，并让它集中所有鸟的神性光辉，来熠耀我们这些只能在陆地上行走的人。

鸟图腾在某些历史时期的流行让我们可以明确，我们的祖先曾在群鸟的庇佑下，一步步开启文明之门。

　　当欧洲人还在斯芬克斯的狮身人首的神话典籍中流连时，我们已经开始制作人首鸟身的"人鸟"泥塑。在汉唐的墓葬中随时都可能发现这种人鸟合一的雕塑实体，最有趣的是在西安玉丰村发现的西汉铜制羽人。羽人肩背生出一双翅膀，但双翼后拢，尚未展开。这是一枚精致的艺术珍品，也是精心策划的一个东方"飞天"之梦。

　　鸟所具有的空灵自在的意象使中国哲学无法将其排斥在它的家门之外。飞鸟的遨游，在庄子的文字里得到了最充分的舒展和发挥。《逍遥游》成了飞鸟们最神往的辽阔长空。鲲、鹏、鸠等纷纷展开双翼，酣畅淋漓，舞风弄影。这样，我们终于可以知道，对飞翔的渴望绝不仅仅是源于中国人的好奇心。人类脚下那真实的大地就是庄子的"有"，而虚幻混沌的太空就是"无"，挣脱"有"的束缚飞往"无"的太空之中，这飞翔之梦的实质其实就是人对自身的质问和超越。所以，与其说是鸟在人类情感中找到了巢穴，不如说是人在鸟的羽翼之下找到了借以依赖的精神寓所。

　　月夜或者黄昏，或是朝阳初醒之时，鸟群在东方精神和情感的大森林中飞起或栖落，这几乎成了东方文化的全部景象。于是，诗人王小妮在为她编写的萧红传记命名时，她用了《人鸟低飞》这个题目——她深知人与鸟在命运上的休戚与共。

　　人类生存的环境历来有两种，一种是自然的，另一种是文化的。现代文明在赐予我们以空前物质享受和科学空前发展的同时，也为我们的文化环境带来了疾病和火焰。鸟再也不是人类心灵与物质之间、天空与大地之间、"无"与"有"之间穿梭往返的神性使者，甚至变成了文学辞典中的一句骂人话。如果说文化的大森林还在苦苦挣扎的话，那么那些关关而鸣的灵性之鸟却早已没有了踪影。树影之下，只余一层厚厚的鸟粪，即古文化的昨天。

文化的生存历来都是一个艰难的过程，失去心灵之鸟就意味着家园的崩溃。即使单单是为了自身的生存，在现代文明的巨大压力之下，任何在鸟粪中淘金的行为都是美的徒劳。我们期待能有更多的人扛起铁锹加入植树的行列，在我们心灵的原野上培育出一片更为迷人的文化森林，并借以呼唤灵性之鸟的回归。

春秋之时，有萧史者，善吹箫，秦穆公把爱女弄玉嫁给他，他就教弄玉吹箫。有一天，夫妻两人一同吹箫，竟招来一龙一凤，于是弄玉乘凤，萧史乘龙，飞升而去。东方有箫，只待我们的森林遮天蔽日、再度葳蕤蓬勃之时，我们只需像萧史、弄玉那样，把箫举至唇边，轻轻地吹起。

（原载《泉州晚报》2023 年 6 月 8 日）

给孩子一个拥抱

低年级孩子接种疫苗那天，许多精彩的场面上演了——毕竟孩子大多是怕打针的。壮壮的男生小 D 排队的时候，对我说："我才不怕呢！"还装腔作势地右手握拳，手臂一曲，很有力量的样子。可轮到他时，刚才的神气劲马上不见了，号啕大哭，手脚乱摆。教师和家长怎么哄、怎么按，因其力气大，都无济于事，于是向我求助。我靠近他，让他面向我，脸埋在我怀里，用他的右手抱着我，伸出左手让医生接种。他很紧张，右手越搂越紧。我左手抓住他的左手让医生接种，右手则揽住他的背，在固定住他姿势的同时，轻轻地安抚他——男子汉，这点事算什么?! 不一会儿，疫苗接种完了，小家伙马上破涕为笑，对其他小朋友说："不疼，没事。"真是个影帝级的小家伙！此时，拥抱是一种信任。

还有一个女生，在排队时还和同学及她妈妈有说有笑，但下一个轮到她时，脸上的笑容就僵住了——我感受到了她的不安和害怕。我在她耳边悄悄地问她："你需要帮助吗?"同时，伸手握住她的小手。她妈妈听到了说："没事，她不怕打针。"但她没有回答，只是把我的手握得好紧——行动说明了一切。我紧握着她的手，用刚才那个姿势，帮她顺利完成了疫苗接种。那天，我用拥抱，帮助许多孩子完成了对害怕的挑战。此时，拥抱是一种接纳。

记忆更深的是去年小L的家长和杨老师的那次拥抱。三年级的小L去世后，我带班主任杨老师去看望他的家人。一进门，小L的妈妈就紧紧抱着杨老师，边哭边倾诉：小L去世前，一直在牵挂善良、尽职的杨老师和班上的孩子们，很舍不得离开——前年，小L患上了千万分之一概率的恶性骨肿瘤，辗转了多地多家医院，最后在上海确诊；一次次的辗转，一次次的治疗，小L从一个打针都害怕的小男生，转变成反而安慰她妈妈不要哭的懂事得让人心疼的孩子。我两次通过视频、信念卡等为他鼓劲加油，班上的小朋友也折了许多千纸鹤给他送上祝福，可惜，无论我们如何努力，病魔还是无情地带走了小L……那天，小L的母亲从头到尾一直拥抱着杨老师，杨老师和陪同的教师们都默默地流下了泪。此时，拥抱是一种慰藉。

当然，还有开学仪式上，孩子们与校园吉祥物鲲鲲拥抱时的开心；课间时，孩子们老远跑过来抱着我大腿的兴奋；运动会赛场上，胜利或失利的孩子们抱着教师开心的欢笑和痛哭的失望……拥抱有千变万化的面孔，看似一个小动作，其实是人与人之间情感向好转化的最好媒介。拥抱是一种力量，融入心中，汇于血液。每个热情的拥抱，都会随风潜入孩子们的心田，让一张张稚嫩的小脸，卸下心防，笑靥如花。这种灿烂还会传递，只要用心，我们都能看见。

如果孩子有需要，请弯下腰，不要吝啬，给孩子一个拥抱，给孩子赓续前行的力量，将来，他也将用爱心和温暖拥抱他的世界——请常常问一下自己，今天，你拥抱孩子了吗？

（原载《晋江经济报》2022 年 1 月 9 日）

攀缘的理由

多次教授过叶圣陶《爬山虎的脚》，心中一直牵挂着那抹浓烈的绿，向往着学校里有一堵长满爬山虎的墙。去年底，终于有了机会，趁着学校东侧的小花园改造，在东侧的围墙脚安排种上了爬山虎。

因为墙壁贴有瓷砖，我担心爬不上，问种花人要不要在墙壁上贴上网，方便爬山虎攀爬。可种花工笑着让我不要担心。种下后，每天巡完班级，我都会去看看，扶正歪斜的支撑杆，发现爬山虎虽然成活率惊人，但生长的速度没有想象中的快，也没有小时候课文中的"虎气"，和其他植物生长似乎没什么两样。后来，因为杂事缠身，对它的牵挂就少了——既然成活了，其他的由它去吧！

暑假里的一天，我在校园里转悠，不经意间，发现爬山虎竟然已经在围墙壁上薄薄地铺了一层，最高的已经爬到了围墙的顶端，虽然算不上密密层层，但有的横爬、有的直伸，光滑的瓷砖墙壁被它的吸盘轻松战胜。我不知爬山虎的根能扎多深，需要多少泥土来维系生命，但在短时间内欣欣然默默地蓬勃起来，它的生命力果然名不虚传。相信，不用过多久，每个人想象中的一墙郁郁葱葱的"虎气逼人"绿色风景线即将呈现。那里一定能吸引孩子们驻足流连，感受绿意，聆听鸟鸣。

一根纤纤细藤，曾毫不起眼。它以初生的好奇面对未知的世界，默默地攀缘，不会想到自己脚下的路会有多长，抑或是它根本就没有想过这些。从与光明相拥的那一刻起，它想到的只是用尽全身的力量，向下扎根；然后，在大家觉得不可思议的眼光中，抓吸住垂立光滑的墙壁，一心向上，再向上。

此情此景，令我思维的卷须上生出一个小小的吸盘。想起今年暑假，学校今年刚尝试的无人机项目，竟然捧回了个创意图形编程赛全国冠军，这是从来没有想到过的。3 个同学站在领奖台上的感觉，一定会成为激励他一生成长的动力源。一开始开设这个项目，根本没有想拿什么奖，只是想丰富学校"蓝色课程"体系的内涵，提升学生的现代信息技术素养，与电子游戏、抖音等"争抢"课余时间，以适应将来智能化丛林生存之需，不想，竟结出了意外的硕果。如果没有尝试开展这个项目，这 3 名学生可能就没有这样的人生体验。

草木有情，人生有知。相信每个孩子都像爬山虎，都有向上攀缘的梦想。作为一名教育工作者，我们也许应该常问自己：是否给了每一株怀有攀缘梦想的爬山虎一个理由、一个平台、一次机会？在理想与现实的纠结取舍面前，能否像对待爬山虎，顺天致性，静静蓄力，久久为功，将一根根普通的细藤培养成让人惊叹的存在？

（原载《晋江经济报》2022 年 9 月 25 日）

从"乌小"出发

前些日子，我才听说，我任职的晋江五小有个外号叫"乌小"（闽南话，"五"和"乌"相近），因为我们学校的师生都有个特点，皮肤黝黑黝黑的。我一想，好像真是的，个人分析原因，学校的正上空是飞行航线，因限高，所以学校周边的建筑楼层低，操场上没能有高楼的阴影，且学校是早期的建筑，没有连廊和架空层，孩子一到教室外，就必须接受阳光的洗礼。此外，学校利用所在陈埭是运动品牌集聚地的优势，发展积淀体育特色，有国家级的足球和轮滑冰球特色学校两张"国"字号招牌，成绩不少。一到课余时间，无论阳光多烈，总有孩子不顾教师的提醒，在操场上快乐地奔跑、追逐等。所以皮肤黝黑，成了我们学校师生共同的"标志"。

四年前，一到学校，我挺想改变一下，如果每个孩子白净斯文，书卷气浓些才好，但有一天傍晚，在操场上，我改变了看法。

课后服务下课，放学的时间不早了，学校护导教师们为了安全，一遍遍地催促着清校，可总有孩子在操场上踢足球、打篮球、打冰球、滑轮滑，舍不得离开，与教师"捉迷藏"。一开始，我也帮着请孩子们赶快离开学校。但是那天，几个孩子在操场上开心地踢着足球，而家长在边上静静地看着，天色渐晚，我好奇地问家长，你们怎么不急着带孩子回家呢？她回了一句："校长，让孩子多踢一会儿吧，等上了中学，他们想踢都没有时间了。这段时间，应该是他们最快乐的时光了，皮肤黑点我们不怕，暑假两个月就变白了……"我怔了一下，内卷的时代，学业的压力如影随形——家长真实的心声。童年无法重来，让孩子们尽情挥洒吧——从那天起，只要孩子们在操场上运动，我便不再催促他们回家，有时还和他们一起锻炼。有些上了初中、高中的学生来看我，打趣地说："我们学校怎么没有办初中、高中，如果能一直读上去，该多好。"

每个人都希望自己的孩子有"灵气"——眼神澄澈明亮，这源自孩子持续积累的自信后，对于所处环境一种不慌不忙的掌控。没有了这种积累，孩子的生长秩序可能会遭到破坏，从而产生一系列的负面反应。孩子们小小的肩上背负着父母的焦虑、社会的竞争，和自己自我成长被压抑忽视的诸多种种不适。社会的日新月异好像一条看不见的鞭子，催着父母逼孩子一刻不停地往前跑，无法停下来，观察自己的孩子究竟喜欢什么、适合什么、想要什么——所以，应该给孩子多点奔跑、玩闹、发呆，甚至在操场上打滚……这是对童年的守护和致敬！

今年的毕业典礼上，我送给孩子们一句话："世界永远在你的前方，五小一直在你的身后。"——孩子们，从"乌小"出发，请永远保持微笑，不忘奔跑，找到属于自己的最佳位置，散发自己的光芒——只要你眼神发亮，心中有梦，不要怕皮肤黝黑。

（原载《晋江经济报》2022 年 11 月 12 日）

爱孩子，就从自己背书包开始

一天上午 7：30 左右，我按往常在校门口迎接师生走进校门，并和护导老师、保安和联防队员维持交通秩序，在一张张稚嫩纯真的笑脸伴着一声声清脆的"老师好"中开始新的一天。

突然，我发现一名满头白发、满面红光的大伯骑着一辆电动车，带着孙女停在校门口好一会儿，孙女没有下车，影响了交通的通畅。学校有 2200 多名学生，大都从西大门进入，7：30—7：55 这段高峰期间，学校路口交通压力大，家长一有停留，交通马上出现滞留现象。因此，学校要求接送学生的车辆到校门口让学生下车后即停即走，确保交通秩序。

我赶紧走过去，一看，电动车的踏板上，身材矮小的一名一年级的小女生，正缓慢地将书包背在肩上，而她爷爷始终不施援手，一言不发。为了加快车辆疏通，我一边询问情况，一边帮忙着小女生背上书包。他爷爷说："这女孩，被她奶奶惯坏了，什么都不会，连书包都不会背。"说完，就调转电动车车头，离开了。

那瞬间，我突然语塞，五味杂陈，他给我上了一课——

一直以来，我自己其实也是这一观点的坚定拥护者，从上幼儿园开始，我坚持让女儿自己背书包。每天早晨，在迎接孩子走进校门时，如遇上父母长辈帮助孩子背书包，走到校门口后，我都会告诉他们，要让孩子自己背书包上学，书包不会影响您孩子长身体。印象最深的是，一名身材发福的奶奶一直为两名四年级的、身高和她差不多的身材壮硕的孙子负责拿书包到校门口，一个背在肩上，一个拿在手中，气喘吁吁。我劝了她几次后，终于看到她孙子自己背着书包走进学校了——没想到，自己今天却成了孩子不自己背书包的"帮凶"——以另一种爱的名义，在我自己浑然未觉的情况下。

又想起，在 3 月 8 日的学校庆祝妇女节的活动上，有个"同舟共济"的环节，母亲和儿女以传递纸板的方式前进，所有参与母女中，除一对是由女儿弯腰捡纸板的外，其余的都是由母亲一手操办，无论有的母亲大腹便便，大汗淋漓，而子女们只是被动地接受安排——有的儿女的身高超过了母亲……

毫无疑问，现在的孩子是幸福的，幸福得一切都由父母包办——也是以爱的名义。在一些父母眼中，除了学习是大事，其他的都是小事、顺手的事，不能让孩子累着、饿着、冷着、热着……于是就有了孩子上大学后还不会洗衣，一周寄一次回去；于是就有了 23 岁的四肢正常、神志清醒的杨锁活活饿死在家中的真实的匪夷所思的故事……

孩子的书包是孩子必须背的，这跟教师手里的粉笔、士兵手里的枪、医生手里的手术刀一样，是通往成长之路的随身的钥匙。天下的父母都爱孩子，却未必会爱孩子。但是爱得太过，就是血淋淋的伤害。每个父母不可能照顾孩子一生，现在不让孩子吃苦，这个世界会以其他方式让他吃更多的苦。

想起诗人纪伯伦曾说："你的孩子，其实不是你的孩子，他们是生命对于自身渴望而诞生的孩子。他们通过你来到这世界，却非因你而来，他们在你身边，却并不属于你……"放手——是给孩子最大的爱，注视——是爱孩子的最佳姿势。

爱孩子，就从让他自己背书包开始吧！

（原载《晋江经济报》2018 年 4 月 29 日）

烙印孩子的生长

　　不知不觉中，学校本学期新增的每周两次的"五小秀场"在校赋墙前，持续举办 10 期了。每次 4—6 名学生上台不等，最多的一场 11 个，共 72 名自愿报名的学生走上秀场，南音、快板、旗袍舞、武术、小品、萨克斯等各种形式的节目轮番上演，并结合个人画展、书法展等形式，节目的质量或高或低，表演人数或多或少，内容不限，形式不拘。每周三、周四下午放学后，投入表演的孩子们、忙前忙后的大队委、不停拍照摄影的家长、围观家长与学生围观时的专注，都生动成学校一道欢乐的风景线。

　　"五小秀场"从组织策划到场地音响，从组织报名到活动上演，均由学校大队委组织。舞台未刻意搭建，只是在地板上铺上红地毯，围上围栏，音响用的是小型可移动的音响，简单易行。表演之前先在学校的微信公众号上预告。表演后，将孩子们的表演情况在学校的微信公众号上发布，让无法到现场观看的家长分享。

　　"五小秀场"发端于我的一次随口问名三年段孩子："你看过我们学校快板节目吗?"他竟然回答"没有"。我又问了其他几个不同年段的孩子，他们都说没有——我当场就愣住了，我们学校的快板曲艺是个影响较大的特色项目，在赖老师的精心指导下，不仅上了中央电视台的曲艺频道，在各级的比赛中频频获奖，更是每周六下午，在晋江人气最旺"城市会客厅"——五店市的布政衙内开设"家风书场"，固定为来自五湖四海的游客们表演，影响颇大。五年段的丁钊麒、李展航、陈超等几名学生经常亮相各媒体。本以为这样的节目，全校的孩子们都会知道，可是，许多学生却没有机会看他们的表演。后来一想，也正常，作为一所2200多名学生的学校，各类特长的学生多，除了六一节表演等为数不多和全面展示外，大多数均为参加各级各类比赛或活动而准备，在外演出，在校内全面展示的机会并不多。

于是，我就想到，在学校常设一个简单的舞台，由大队委组织，让孩子们自愿报名，无论节目的质量，只要有胆量敢上，就欢迎。原来设想是放在学校操场边的大戏台上，但有教师建议，秀场以个人项目为主，大舞台太大，效果不好，后来就定在学校入门小广场的校赋墙前。不想，这个角落成了家长孩子们最喜爱的地方——"让孩子们有经常上台锻炼的机会，不错不错！"一名家长留言道。"没想到，我也有上台表演的机会，这是我的第一次，感觉很奇妙，紧张而新奇，下次换个节目还要上。"一名四年级的孩子表演后写出感言——与学校"五彩"文化内核相映照。

学校陪伴孩子们生长的时间很长，孩子们可能对大楼大厦不一定有印象，留在他们记忆深处的，更可能是一些别致的景观，特别是不为人注意的角落，也许不起眼，但蓬勃葱茏，它是校园物质文化的显示与识别系统，更是学校精神文化的展示与传播的系统，为孩子们的期望与动力提供媒体，为个性与特长搭建平台。

"校园处处有文化，角落处处有课程"，校园的每个角落，都是含蕴着教育的意义和文化的密码与基因，让我们视野内校园的每个角落都鲜活起来，给孩子一个小小的角落，还学校一份大大的收获——因为校园的每个角落都烙印着孩子们的生长。

（原载《晋江经济报》2019 年 3 月 17 日）

错误的温暖

多年前，我被借到一所规模不小的寄宿制民办小学任副校长。天气渐冷，每天上完晚自修，我都会到学生宿舍巡视一遍，看看孩子们的就寝情况。渐渐地，孩子们和我熟了起来。

洗刷忙碌后，孩子们陆续钻进被窝。上铺的男生羡慕地看着我为这个孩子理理衣服，为那个孩子掖掖被角，偶尔，还催促一下还没上床的同学。平日里活泼好动的男孩子，此刻缩在被窝里，完全变了个模样，仿佛正等待着母亲的怜爱与呵护。

走着走着，来到二年级学生小源的身边，这小家伙睡觉最爱踢被子，体质又不太好，一不小心就感冒。为此，我建议家长给孩子准备个睡袋。

看得出，小源喜欢那个印满布袋熊的睡袋。看着他幼稚恬静的脸，我笑了笑，转身准备离去。忽然，身后传来一个声音："爸……不，徐老师……"我转过身，微笑地看着面前这个因叫错而害羞的小男孩。

我走到他床边坐下，伸手摸了摸他的头："怎么啦？有什么事吗？"他一下子放松下来："我忘记把脚边的拉链拉上了。"随即，我轻轻地把拉链拉好。他说了声"谢谢徐老师"，便带着笑容眯上了眼。

我的心漫过一阵暖流：铁打的学校，流水的学生，一个外乡人，在这当了十多年的教师，一届一届的学生毕业了。毕业前，许多学生都煞有介事地留下我所有的联系方式，可似乎那阵冲动之后，便没了声息。也许他们的生活刚开始，要面对很多的色彩，终究要去寻找自己的坐标。他们能从学校带走什么，又有多少能留在他们记忆的长河呢？有时，自己也无由地漫起一阵莫名的失落。

但无论如何，想起那句美丽的"爸爸……"，想起学生们绽放着憧憬的纯真笑脸，一些难以释怀的情结似乎有了答案，让我的飘浮的心灵似乎得到了些许的慰藉。

再后来，我担任了一所学校的负责人，因为学校在公路边，两年来，每天早晨6：30左右，我就雷打不动地站在学校门口，用不再年轻的笑脸迎接每一个孩子的到来；在大家的共同努力下，学校的规模翻了一倍……以至于在我调离岗位之后，许多家长还到处打听我的消息……

也许，感动无处不在，只要我们有颗善于接受的心，很简单，也将很深刻。

（原载《泉州青年报》2002 年 4 月 16 日）

睡在煤油灯里的记忆

老家在武夷山的褶皱深处。我读小学时，学校设在离村半里的庙里，不通电，每到期末复习紧张的时候，老师通知我们晚自习，我们便自带煤油灯。庙堂两边各有两间厢房，做了我们的教室，一到晚上静寂的庙堂因为我们而生动起来，在温馨的油灯下，我们打开本子，温习功课。教室里煤油味渐聚渐浓。野外各种说不出名儿的昆虫，从洞开的窗户里飞进飞出，愣头愣脑往火焰上扑，啪啪地撞在纸上，偶尔竟将一星灯火扑灭。窗外黑沉沉的一片，点点滴滴的萤火虫无声地游到人的身边，被我们捉住了，便用食指按住脊背，用力地往上一涂，一抹显亮的荧光粉濡散开来，尔后归于黯淡。老人们说："荧光有多长，今年的稻穗就有多长。"我们都相信是真的，暗地里常比赛谁的荧光长——若是水稻有了好收成，我们便可以买上一本日思夜想的小人书。

晚自习时，老师常来坐班。老师的煤油灯是最漂亮的，玻璃罩锃亮锃亮，轻轻一扭旋子，火舌便呼呼往上蹿。灯光照着老师的脸，清瘦、慈祥。工作的间隙，老师总要抬起头，打量一下我们。这时，老师通红的眼睛，在灯火的亮光中清晰可见。有同学玩耍或瞌睡，老师便笑吟吟地提醒一声"有的同学开小差了"。那声音在静谧的夜里飘散开来，如轻柔的羽绒，覆盖了我们全身，温暖而安详……

有关煤油灯的记忆还有很多。记得一次难得的美术课上，老师端来他自己带玻璃罩的煤油灯，教我们画。画完后，老师还在旁边即兴写了首小诗：学习是灯，努力是油，要想灯亮，请再加油。到现在，我还一直认为老师那节美术课一定不是单纯教我们画煤油灯……

煤油灯点亮了我们的生活。在灯光的引导下，我一步步走出了故乡的山坳，成为晋江的一名小学教师。上学期，在看过师德楷模郑琦的事迹后，突然想起了小时候的煤油灯，他不正像一盏小小的煤油灯吗，时时为孩子们照亮前行的路？于是，关于煤油灯的记忆一下子鲜活起来……

如今，煤油灯难觅踪迹，熄灭在历史的角落里了。但相信，我们每个人的心中都亮着一盏灯，谁失手打翻这盏灯，谁就将陷入黑暗之中。而我们要做的就是将灯拨得再亮些，这个动作看似简单、枯燥，有时也能照出眼神中的疲惫，但仔细想想，这其实涵盖了我们的一生。

（原载《泉州青年报》2006 年 3 月 13 日）

我的课有灵魂吗

上学期，我镇的一名辅导员开了节少先队主题活动观摩课，主题是《播种爱心，收获快乐》。

看得出，这节课辅导员老师很敬业，从整节课的方案设计、程序安排到课件的制作，都花费了很多的时间与精力，还时不时打电话向我询问一些情况。这学期，我开始担任镇里的少先队辅导员。这是个全新的岗位，因为十多年的从教经历，我从来没有正儿八经地担任过一次少先队辅导员。但是觉得，少先队辅导员是个最具活力的队伍。他们在哪儿，阳光与笑脸就漫延到哪儿。

一节课顺利地上了下来，应该是按辅导员老师的设计进行，一个流程接一个流程，过渡自然，流畅顺利，没有出现什么意外。孩子们的回答、掌声、微笑都是恰到好处——从辅导员老师满意的笑脸上可以感觉得到。

研讨交流会上，听课的老师纷纷对这节课的方案设计、程序设计的优缺点进行了交流。因为我始终认为：上课本身是门遗憾的艺术，每节课不管谁上，都有不尽如人意之处。一节课就像一块蛋糕，分配给这部分的时间多了，另一部分肯定会有些遗憾。所以，大家的意见似乎竟有了相似的感觉。

但一个吴姓老师开口了，她的一句"这节课似乎没有灵魂"，想必大家和我一样都震惊了，会场一下子就静下来了。

她的话和她的人一样，沉静中有着内敛的锋芒：这节课，因为教师本身对这课主题"和谐"一词理解上的片面化，直接导致了学生的体验的角度与深度。她说："学生是很聪明的，他们细心地揣摩着教师们的心理，努力配合着教师，完成教师的预设！"

多年来，听的课多了，似乎听到的感叹多是：这节课学生配合不好，所以效果没有达到预期的目的。现在想起来，如果没有什么外来的因素影响，在我们目前教育背景下的学生，相信每个人都会努力帮教师完成任务的，相信再不遵守纪律的孩子，在课堂上，他也会大言不惭地说：我要开始遵纪守法。每天乱扔果皮纸屑的孩子，说起我以后肯定会劝阻别人讲卫生时也会脸不红心不跳。是的，每节公开课上，学生们对各种问题的回答常常有出乎我们意料的精彩。但这节课后，真正能做到的又有几个？这是我们教师始终不愿面对和不敢面对的问题。如果教师真的感觉到学生的不配合，也许是学生真的心有余而力不足了。这种普遍的存在，我常想这是我们的教育之失，还是社会之误？

吴老师的另一个观察更发人深省，她说：孩子们在回答问题的时候，总是用"他"，我们要如何帮助"他"等，不是自己的东西，就是"他"或"他们"的。对物的关注胜过对人的关注……是呀，随着现代社会物化进程的加快，孩子在不断的提醒中生活，这个要注意，那个要小心，过马路要小心，别给陌生人开门……在这种环境中长大的孩子似乎有种对外界的进入本能的拒绝。相对封闭的状态影响人与人之间的交流。伴随着孩子长大的东西更多的是物而不是人。他们的视野中，物多于人。给孩子体验深刻，给孩子们带来快乐的也许是电脑、是电视而不是人。渐渐地，孩子对物的依赖超过对人的依赖。自觉不自觉中，表达中的重点都是物："如果同学骑在石狮子上，我会叫他下来。""花圃里有纸屑，我会主动去捡。"这些话语中的多少是言不由衷的我们姑且不论，可是那种非我即是他，物胜于人的潜意识表露无遗。而且，这种表达，甚至得到了大家的认可与称赞。

新课改多年了，可真正改变的有多少呢？我们上课，特别是公开课，我们下大力气更多的是关注教学形式上的设计，因为对每个环节有着细致的预设，有的甚至设计了每个学生的每句话、每个表情、每次掌声乃至每次的微笑——尽管有时，微笑并非发自内心，所以教师觉得累——怎么会不累呢？

因为有教师的充分的预设与孩子的配合甚至多次的"操练"，所以课堂的一切程序都在施教者的掌握之中，因为有预设才不会有意外。因为不会有意外，课堂的气氛与节奏才是大家想象中的成功，皆大欢喜——这就像开喜宴，美味佳肴按预先的安排，一道接一道地在主人认为合适的时候端上桌。至于，这道菜是如何做出来的，似乎就不太重要了，因为每道菜的调味的过程，有太多的不确定存在。或咸或淡，有时调味的人自己都没有把握，也不一定合大家的胃口。事前准备的菜多好呀，口味经过多次的调试，有把握，而且，大家习惯这么吃，觉得好吃就行了。

只是，这种皆大欢喜的背后，作为主角的学生，表演过多次的或肤浅或深刻的体验，这种没有多少自我的内在演出，真正能触及他的灵魂深处吗？久之，他心目中教育与教师会是怎样的呢？

也许，常常的，我们该问自己一句："我的课有灵魂吗？"

（原载《泉州青年报》2006 年 5 月 18 日）

珍　惜

单位在每个年轻的教师结婚时都会送上一束祝福鲜花，因我是经办人，每次，电话那头传来的声音，年轻蓬勃得像二月里迫不及待生长的青草。

欣喜地说着过年的打算，要和新婚妻子去黄山看云海、看雾凇，要去桂林看山水……语气里的欢快，让人看到一树花开的样子。我只在电话这头温暖地笑着。是呀，随着年龄的渐长，我早已失去了跳跃的心。过年？多恍惚的事！

年少的时候，和所有的孩子一样，过年是我们姐弟四个最为盼望的，天天数着，好不容易数来了，那个兴奋呀，恨不得夜夜狂欢。贴春联、挂花灯，忙得不亦乐乎。兜里揣着一把炒蚕豆或瓜子，有时还会有难得的几块糖。穿着母亲做的新衣与布鞋，走东家逛西家，呼朋唤友，蹦呀跳呀，浑身有着使不完的劲……那时的奶奶，坐在矮凳上择菜，一边择菜，一边微笑着摇头叹息着，唉，又过年了。我在边上听到，小小的心里一沉，过年了，奶奶怎么会不高兴呢？闽北大山深处特有的阳光中，那无孔不入的灿烂里，奶奶的身影鲜活成了一株样本。

年复一年，方才明白，奶奶的叹息也许是对那个物资匮乏年代的无奈，也许是感叹年龄的衰老。谁能拽得住岁月的衣襟呢？过年是道槛，槛内，青春神采飞扬；槛外，已成明日黄花。

回过头一想，一年又等闲过了，曾计划着带家人去外面走走，又未成行；要跟老同学搞次聚会，结果一天拖一天……如此这般，总是遗憾多于收获。

电话那头，那个年轻的声音追问我："徐老师，你过年最想做些什么呢？"

是呀，我最想干吗呢？好好做一桌菜，慰劳一下辛苦一年的爱人；待在屋子里看看电视；带着孩子出去感受一下过年的气氛……一年的春风等闲过了，但过年，终究是快乐的，有家人，有孩子，健康地陪伴在身旁，这样的时刻，是要长存在记忆里的。拽不住岁月的衣襟，唯有珍惜，过好实实在在的每一天。

打电话给80多岁的奶奶拜年，奶奶居然还要给我汇压岁钱。我说，奶奶，我长大了，不要压岁钱了。电话那头，奶奶苍老的声音依然清晰："孙呀，你还是个嫩芽呢……"

(原载《泉州青年报》2005 年 4 月 23 日)

"爸爸，你每天都在进步呀"

　　那天傍晚，在一所中学大门口的角落里，遇上一位女生在安静地喝排骨萝卜汤，他的父亲——一个乡镇干部，抽着烟，静静地看着女儿津津有味喝东西，疲惫的脸上充溢着温柔。

　　我走过去和他攀谈起来。他的女儿很优秀，在年段名列前茅，之前是每天接回家，住家也在附近，但二胎出生以后，诸多因素的影响，即使学业重，也无法每天接送，只能每周三固定做些营养食品给女儿吃。

　　聊完了他女儿的学习情况，又自然聊起了工作——现在乡镇的工作千头万绪，有压力大、责任重等诸多不易。他人到中年了，但依然尽职尽责地努力工作——虽然多年了工作岗位一直未变。对于升迁等未来的想法，他保持着一贯的洒脱和轻松，并且自嘲——"多年没什么进步"。没想到，原来安静喝东西的女儿脱口而出，说了一句"爸爸，你每天都在进步呀"——在她的眼里，父亲是如此正能量的形象——虽然个子不高，也非达官显贵。我明显看到她父亲有些暗淡的眼神在蓦地一亮，然后开始闪烁。那瞬间，一股别样的感觉涌上了心头。

多年来，鼓励这个词，似乎都用在长辈对晚辈上，"父母的鼓励有孩子的未来""被老师鼓励的孩子，身上有光"等。于是，我们做父母、老师等长辈，为了子女、学生的成长，无论自己遇上什么事，都必须调整心情，掩饰自己，强作欢颜，给孩子们鼓励和阳光。

记得前段时间，一个朋友在朋友圈上发了一条消息，大意是"为什么现在喜欢开车回家，在停车场停好后，不下车，还要在车里待一会儿"。这想必是许多中年人的姿势，车门，是个分界线，车里的那些时间和空间，才是真正属于你自己，但车门一打开，你的角色瞬间转变，蜂拥而至——你是子女的父亲、妻子的丈夫、母亲的儿子、朋友的朋友……你是生活的柴米油盐，你是家人温暖的尘世烟火……必须调整灰色的心情，抖擞精神，预演一下微笑，然后走向电梯或楼梯——无法回避，必须这样。

世间没有爱比得上父母对孩子们付出的无私的爱，但这种爱，更多时候"不在于父母付出多少，而在于孩子接受多少"。在物化的时代，有的无论父母付出多少，子女依然嫌弃父母不够优秀，给的不够多。于是看到或听到如留学生汪某嫌母亲无法给足费用，上演惨绝人寰的"机场刺母"等匪夷所思的故事，时不时上演。一些子女以未长大之名，对父母的付出视而不听，听而不闻——更多时候，为生活奔波的父母，更需要子女的理解鼓励——"爸爸，你每天都在进步！""饭虽然焦了，但依然好吃！"一个眼神，一句鼓励，也许能带给负重前行的父母坚持的理由和支撑的动力。

不久，女儿喝完了汤，满足地向教室走去，而她父亲，在校门人来人往的喧闹中，收拾完保温桶，迅速转身回家！此时，路灯依次亮起，把两个相背而行的身影，拉得很长很长，氤氲着异样的朦胧。我知道，前行的方向不一，但他们的心却永远在一起……

（原载《晋江经济报》2020 年 1 月 4 日）

又是一年开学季

今天是 9 月 1 日，受今年第 16 号台风的影响，一扫前几日的燥热。路上的车流明显多了起来，路边多了许多学生，这一切都昭示着——今天是开学季。

今天，晋江市 36 万多学生，其中包含着约占全市 60% 的 21 万多来晋务工人员子女走进课堂，开始新学期的学习生活。这些学生中，无论是欢呼雀跃，或不情不愿的孩子们，更无论是许多在幼儿园前缠着父母、爷爷奶奶哭闹的幼儿，你们也许不知道，呈现在你们面前整洁的校园、缤纷的装饰……这一切，都是老师们提前结束假期，加班了许多天，甚至自己动手搞卫生、做装饰，才有今天的惊艳。你应该能看到，学校门口迎接你们的校长和老师们微笑后面的疲惫。

相信今天，前期不少为孩子入学奔波、纠结甚至上访的家长，今天看着孩子们走进学校，或陪着孩子们走进学校，心中感慨亦是万千，或欢喜，或失落，所有的一切，都在今天，尘埃落定——没办法，这也是生活。也许，在大人眼中，孩子入读的学校也许异常重要。但更重要的是，只要走进学校，无论是哪所学校，孩子们就会开心，因为他们将与无数的美好相遇。——同事说，平日里要三请五叫起床的孩子，今早不要叫，7点前就自己早早起来了。

这些日子，接访、处理成了工作中一个重要组成部分，心疼那些政策与规则之外，被家长带着四处奔走，在上访现场开心捉迷藏，甚至在说不清楚目的的条幅前开心摆着造型的孩子们——一直苦口婆心劝家长，无论怎样，这些单纯的孩子是无辜的，不应该让孩子参与这些本不该他们参与的，不要把本属于大人的事让他们掺杂，这样一切都于事无补。

清晨的敏月公园，秋风过处，黄叶缤纷，不久成泥，它们安然接受岁月的安放，只因为季节更迭，规则使然。更想告诉家长们，我市校舍扩容的速度无法赶上学生增长的速度，招生工作只会越来越阳光，一定要事先了解招生政策与规则，未雨绸缪，及时提前准备。

——安得学校千万间，大庇天下学子尽欢颜。

（原载《晋江经济报》2017年9月3日）

重 返 名 著

前几天，学校的"五彩童年·书香流韵"主题读书节拉开帷幕。其实，刚看到活动方案时，我是持反对态度的——学校就是每天读书的地方，没有读书的地方还叫学校？为何还要开展读书节呢？后来同事说，校运会刚结束，校园沸腾成欢乐的海洋，学生一直处在兴奋中，心静不下来，读书是最快能让学生静下来的办法——一举两得，有道理。

那要读什么书呢？这是个仁者见仁、智者见智的问题，但阅读经典名著，一定是多数人的选项。名著的影响力持久，超越了时间和地域的限制，在不同时代、不同国度流传，历久弥新。西班牙人说："即使我们到了一无所有的时候，我们还有《堂吉诃德》。"毫不夸张地说，一部名著，是一个国家、一个民族永远的骄傲。

一个人与名著的相遇或迟或早，或深或浅，在学校的图书馆、班级的图书角等地方，我都能看见各种版本的名著。我有时也与学生交流，有的学生谈起名著便会口若悬河、神采飞扬，也有一部分学生只读了皮毛，"不求甚解"。

对此，我倒是淡然处之。因为要深入了解名著的精髓，需要一定的阅历和积淀。年龄不同、积淀不同，哪怕是读同一本书，其层次也可能有所不同。我曾在图书馆里看见一位尽责的母亲，一手拿棍子，一手拿手机，守着一个 10 岁左右的孩子，让他读《红楼梦》。而孩子，把书竖着，遮住母亲的视线，眼睛四处游移，与母亲斗智斗勇。那个场景，令人无奈又好笑。

许多人说，一生中最适合阅读名著的时期应该是在壮年之后。中年人丰富的阅历有助于解析名著深沉的内核和丰富的表达手法，收获自然不一样。不同年龄读路遥的《平凡的世界》一定能读出不一样的人生况味。

但是，不可能每个人都要等到中年才去研读名著。实际上像我一样的大部分人一到中年，俗务缠身，时间、精力有限，阅读成了问题。所以，当我面对日渐披上厚厚尘埃的书架，面对曾经梦寐以求的名著依然崭新地嵌在书丛之中时，心里只能徒唤无奈。除了主人公、故事梗概和沿用已久的评价，我似乎很少谈得上自身独特的理解和阅读时产生的共鸣与震撼。

这是一个快餐文化流行的时代，智能手机、平板电脑等电子产品带给人颠覆性的阅读方式、阅读习惯。在海量的信息面前，浅尝辄止和碎片化的阅读渐成习惯。每个人完全有理由拒绝阅读经典名著的晦涩和枯燥。不提砖头般厚的小说，就是万字左右的严肃文章，也未必能静心、耐心地看完。许多经典名著就在指尖与屏幕的接触中，一闪而过，难留痕迹。"读书难卒卷，下笔就走神"成了普遍浮躁的心态。纸质经典文学作品要与越来越先进、越来越取巧的电子产品和软件争夺地盘，谈何容易。

正因为如此，才觉得有重返名著的必要。名著对人的影响是深远的，它是构筑人的灵魂大厦的基石——"你的气质里含着你看过的书、走过的路"。所以，每每家长问我，如何引导孩子在浩如烟海的书海里进行艰难阅读时，我总毫不犹豫地说——重返名著，让孩子们氤氲着名著长大，是最好的选择。因为名著温度常在、魅力常永——它就像故乡，有习惯，有回忆，能轻易穿过尘世的喧嚣，直抵内心的宁静。

（原载《晋江经济报》2023 年 4 月 16 日）

凝　视

　　天高云淡、风清气朗，站在办公室的走廊上，打开窗户，我又一次凝视着操场上的孩子，他们正在教师的指导下，热火朝天地开展着各种体育兴趣课程。篮球与地板的撞击声、教师的授课声、调皮孩子的说笑声、汇聚成生机勃勃的场景——校园，有了学生才有灵气和意义。

　　从1993年走上讲台开始，一转眼，工作30年了，我总是在凝视中开启平淡而又精彩的一天——每天，我站在学校门口，和每个孩子击掌相迎，凝视孩子们脸上属于他们特有的阳光笑脸，清脆的问候声，欢快的奔跑，当然也有惺忪的睡眼、高翘的小嘴以及伤感的落寞，更有造型别致的水壶、帽子、鞋子、辫子……

　　光作用于人的眼睛，光的存在提供了凝视的可能。凝视，是教育最合适的姿势——

　　在教室里，凝视着孩子们在充满无限可能的文字、数字、图画、音符里拔节茁壮……

　　在操场上，凝视孩子们目不转睛观察花草树木、假山流水、蚂蚁蝴蝶和踢球飞奔的少年、轮滑逐梦的汗水……

在课间，凝视孩子们烙刻在"锤子剪刀布"里简单又纯粹的快乐、走廊里的闽南快板声、隐藏在象棋世界里的风起云涌……

在会场，在技能、领航、教学、书香等"五坛"里，凝视着伙伴们或独到的见解，或飞扬的神采，或青涩的成长……

凝视孩子，你能听到孩子们最真诚的声音；凝视孩子，你能从每一个词语中捕捉最清晰的心理感应；凝视孩子，师生之间就会有最平等的交流……

凝视本是一种定向的视觉，这个词最初所表示的并不是看的动作，而是有着等待、关心、注意、监护、拯救等哲学意义。凝视作为一种与看得见的境域之间有着某种意图的联系的活动，在不具有视功能的情况下，可以借用另一种补充的通道，它让凝聚在物上的本质的黑暗的东西，从听觉的专注或摸索的手指尖上流过，从而达到安慰凝视者的内心，从而赋予时光以全新的定义：于是，屈原凝视汨罗江，是失意的奔涌；李白凝视月光，是思乡的表达；朱自清凝视荷塘，是沉郁的解围；李商隐凝视乐游原，是心光不灭的执念……

贾柯梅蒂说过："生与死之间的差别就是——凝视。"在烟火日常的轮转间，用心凝视孩子、凝视伙伴、凝视校园、凝视故乡、凝视回忆、凝视自己……心存凝视，一切皆是风景，若心存感激，一切都是教育。

　　阳光终究会照亮孩子们每本书的扉页，一篇又一篇的诗行韵脚，都会有春天般的表达，让我们把凝视定格成最美的姿态，相信凝视，相信守望，让内心清澈澄明，让信念如青藤般执着，收获不一样的自己……

（原载《泉州晚报》2023 年 10 月 19 日）

重 返 黑 板

　　那天，按惯例去随机听课。恰巧，一年级某班的一体机损坏送修了。上第一节课的小 L 老师，虽然没有现代教育技术的加持，但她准备充分，利用漂亮的板书和巧妙的引导，课堂氛围依然热烈，小朋友参与学习的热情高涨，学习效果显而易见。而上第二节课的小 D，相比之下，整个课堂师生的表现，与第一节课的效果相差甚远。课后的交流中，小 D 直接说："我习惯了多媒体，没有了多媒体，我都不懂上课了！"

　　此情此景，让我想起了曾经的黑板。我一直记得初中教历史的周老师，其中一个原因就是，第一次上课时，他一手遒劲洒脱、酣畅浑厚的粉笔字再加上风趣幽默的语言，让我至今记忆犹新。因此，在师范学校学习的三年里，我严格按学校的要求，每天都练习"三笔一画"（毛笔字、钢笔字、粉笔字和简笔画），甚至午间不休，专心练习。1993 年刚参加工作那阵子，学校能有一台幻灯机，加幻灯片，已经是高配了。幻灯片有时要自己做，因为无论是文字还是图片，都是要镜像的，对制作者是个挑战。随着教育科技的进步，后来发展为投影机加布幕，再后来就是一体机，且屏幕从 60 寸一直提升到 86 寸，还有更先进的智慧黑板等产品出现。

不可否认，现代教育技术在教学中发挥了很大的作用，声、光、电营造的情境，远比口头表述更直观。但是，任何事物都有两面性，现代教育技术给师生教学带来便利的同时，也不可避免地给师生的教与学带来了负面的影响。

现代教育技术是辅助提高教学效果的工具，而不是目标。许多时候，我们把工具与目标倒置了，就像《一代宗师》里一句经典台词："人活在世上，有的活成了面子，有的活成了里子。而只有里子，才能赢得真正的面子。"

为了改变伙伴们的观念，我们学校倡导"以字立人，重返黑板"。在学校推动多年，坚持开展"粉笔字每周一诗"活动，每年段每周一首，该年段的教师都要写，且会背诵会默写；还开展"三笔一画"师生赛事等。特别是今年8月的期初校本培训上，特地邀请了外校一名没有"名师"荣誉等身的老师到校，为伙伴们开设专题讲座，给年轻的团队伙伴树榜样。这是一名工作30多年、再过几年就要退休的女教师。让人惊叹的是，她在黑板上展示出的简笔画，行云流水、栩栩如生；而粉笔字，更是铁画银钩、刚劲有力，跟字帖上的一模一样。加上她婉约的引导，每天第一个来、最后一个离开的勤奋认真等，怪不得她所带的班级，始终是该年段的"王牌班级"。

期待着老师们，减少对现代教育技术的依赖，重返黑板，以文弘道，以文化人，于现代化声、光、电的喧嚣中，坚守本心，用手中的粉笔和简笔画，加上精妙的点拨，吸引孩子们清澈的眼神，让每节课成为深刻的知识之旅、思考之旅、书写之旅、合作之旅……

（原载《晋江经济报》2024 年 11 月 10 日）

杂货店里的萨克斯声

那天晚上，要到楼下商业街上的小店买生活用品。一出小区门，就被一阵萨克斯乐声所吸引，是那首经典名曲《回家》。我循声而去，原来优美的音乐来自一家小店。这是间普通得不能再普通的日杂店，从食品到日常生活用品，在货架上堆得满满当当的。店主是个黝黑壮硕的男子，50多岁，短平白发，身上的衬衫皱巴巴的。他眼睛微微闭着，脸上的神情陶醉而安详，仿佛整个世界都只剩下他和手中的乐器。我静静地听着，不忍打扰他，轻轻拿手机拍照。他发现了，冲着镜头憨厚地笑着，说："刚学不久，吹得不好。"我迅速挑好要买的东西，结完账，又站在一边，静静地看他投入地吹着萨克斯。

此情此景，深深震撼了我——常人眼中，萨克斯之类的乐器是"阳春白雪"，应该是在音乐厅等场所出现。而且，随着各行各业的内卷，许多人都在为生活奔忙，很少人能静下心来，听一首歌，吹一曲萨克斯——即使小时学的钢琴、小提琴……都束之高阁，任其尘封。

近日，在读唐江澎校长《好的教育——把理想做出来》一书，印象最深的就是他提出的"好的教育，应该培养终身运动者、责任担当者、问题解决者和优雅生活者",我深以为然。记得当年我们所接受的师范教育,培养目标就是要到农村里当"多面手"的"全科老师"。所以,从小没有艺术细胞的我,师范面试时,唱了首《歌唱祖国》,记得面试老师当时的评语:"怎么都是一个调的?"应该是那时缺老师,我没有被刷下来,竟然通过了。后来,我在读师范学校的三年里,废寝忘食,硬是学会了粗浅的书法、简谱、舞蹈、简笔画等。现在能自娱自乐的项目,还有赖于当年午间不休、努力积淀的结果。因为有了这段经历,到任职的学校后,和伙伴们一起推行"五色"课程,化育"五气"学生——红色课程立德行,养正气;橙色课程展才艺,蕴灵气;蓝色课程向未来,扬朝气;绿色课程强体魄,增大气;紫色课程提修养,涵"书卷气"。也在学校倡导伙伴们要从"单学科"向"全学科"的角色转变。经过几年的坚持和努力,终于有了收获。轮滑冰球队等不少师生登上了国家级的领奖台。特别记得一个叫丁语昕的女孩,她是当年学校"黑珍珠"排球队的队长,率领球队拿下了许多荣誉。更难得的是,到高中后,在繁重的学习之余,她依然坚持打排球,还硬拉起一支队伍,利用课余时间训练,在大家不理解的注视中,获得了泉州市第三名。这几天,为了参加省级比赛,从送报名表到联系车辆,都由她完成。相信,这些别样的历练,是书本上无法学到的。

更有校董会董事长、晋江著名的慈善家丁和木先生,今年已89岁高龄了,依然精神矍铄、和蔼健谈。据他说,没有什么特别的保养方法,唯一的秘诀就是每天练书法。他是从42

岁时，在无师自通的情况下，开始并坚持到现在——艺术可润泽心灵，抵挡岁月风雨。在有限的时间和空间里，如何实现唐校长提到的"四者"呢？更需要平衡——"教育是平衡的艺术"，需要学校在知识与创造、教师与学生、原则与机制、奇与正、术与道、张与弛、舍与得等各组关系冲突中，找到适合各自情况的最佳平衡点，才能充分激发师生无限的潜能，打造更加公正、阳光、充满蓬勃的师生生长的"五彩"空间。

一个好教师重要的一件事，就是让学生喜欢自己的学科。如果每位教师都做到了，无论是"四者"还是"五气"，在多年坚持之后，这些都能成为孩子们气质的一部分。人有时候是很难走出自我的，好像一直在走，其实只是原地踏步而已。什么才是真正的行走？要看你聆听了多少风声，记取了多少鸟鸣。杂货店的萨克斯声渐飘渐远，文字无法抵达的地方，音乐可以。心里有光，哪里都是舞台。在悠扬的音乐声里，我们能坦然地面对下一段充满不确定也更精彩的时光。

（原载《晋江经济报》2024 年 7 月 26 日）

闲暇的内核

雨后初晴，难得的好天气。午餐一结束，孩子们就欢腾着奔向操场，老鹰捉小鸡、踢足球、玩花绳……有的趴在走廊上下棋、阅读、聊天，甚至蹲下身子去观察蚂蚁的活动……一派童真盎然景象。我突然发现，一个小女孩坐在操场的球门边，双手托腮，一个人静静地坐着，静静地发呆。我本想走过去询问一下怎么回事，突然想起叔本华的一句话："一个人只有在独处时才能成为自己。"也许，无须问她为什么。此时的她，是最幸福的。于是，我转身悄悄地离开，让她沉浸在自己的世界里。

回想一下，在校园里，孩子们的每个时间段都是"被安排"的，"被上课""被运动""被用餐""被阅读""被书写""被下课""被作业"……换句话说，孩子的成长过程中，没有多少自主性和选择权。

惊奇地发现"闲暇"这个词，追根溯源，自古至今，都传达着相同的信息。在希腊文、拉丁文和德文中，其含义都是指"学习和教育的场所"。在古代，称这种场所为"闲暇"，而不是如今我们所谓的"学校"。在原始意义上，闲暇就是学校，没有闲暇就没有学校。没有闲暇，人就不可能有思想活动，文化就无从产生。这曾经是古代人最为珍贵的哲学概念，更是高贵文化的根源和基础。可惜在不断快马加鞭、只争朝夕的时代大洪流中，不知不觉间，闲暇离我们越来越远。

由此看来，人的成长需要闲暇，教育更需要闲暇。闲暇时的发呆，是一种安静的忙碌过程，表面波澜不惊，内部不断生长。闲暇时的发呆，是与自我对话，并不是懒惰，而是一种精神现象和灵魂状态——以静思默想的姿势和外在世界和睦相处，心灵因而获得舒缓、力量和滋养。而在此过程中，需要时间、空间安静，更需要丰富的生活持续喂养——我们一直闲不下来，目的就是拥有更多闲暇的时间。

在看似一天重复一天的校园生活里，更要用闲暇的视域去观察孩子们。亚里士多德一语中的："一切事物都是围绕着一个枢纽在旋转，这个枢纽就是闲暇。"在孩子们的发呆里，蕴藏着冥想、反思、好奇、探索、想象……让每一个似乎一样的一天，在孩子们的世界里变得不一样——把"让孩子跟着我们走"变成"让我们跟着孩子走"，前者可能丢失了闲暇的意义，后者可能找到闲暇的内核。

把更多的时空留给孩子，把他们的心灵引向闲暇。午休时间到了，小女孩站起身，面带微笑，蹦跳地向教室跑去。我想，午间的这段发呆时间，不知道她经历了什么，相信一定是充实、丰盈的——因为，沉淀是为了更好地相遇……

（原载《泉州晚报》2024 年 6 月 27 日）

教 育 如 茶

今年，遇上二胎入学高峰，入学的孩子多，新招的教师多。对于一些刚出"大学门"又进"小学门"的新教师来说，教学与管理，都是个不小的挑战——有的小朋友，上课上一半，就坐不住，站起来走动。有的上课上着上着，突然问老师："什么时候有点心吃？"有的上课上到一半，就要背起书包回家……一天，一个新入职的班主任急切地问："为什么上我的课秩序还好，不是我的课时，秩序就不好……"我听了告诉她："这些小朋友才入学一个月，他们还只是孩子，多些耐心，多些等待。"——"谁爱儿童的叽叽喳喳声，谁就能获得自己职业的幸福。"

我的老家在武夷山，这里自古就是茶的世界。小时候，和祖父、父亲一起，在周末、在节假日里，开辟了一些茶园，育苗、养护、采摘、制茶等与茶相关的记忆，占据了我童年生活的很大一部分。那天，我听了新教师反映的问题，蓦然发现，教育的道路就像一杯茶。

《诗经·邶风·谷风》里说："谁谓荼苦？其甘如荠！"当时没有单独的茶字，因为味道苦，苦菜和茶叶都被称为"荼"。但陆羽等茶师甘之如饴的原因，想来一方面是因为茶叶制作过程中那变幻莫测的香味；另一方面是咖啡因带来的清醒和镇定，抑或是茶氨酸带来的愉悦感。让人宁静，意味着从容、淡泊、沉思。它是徐夤笔下的"金槽和碾沉香末，冰碗轻涵翠缕烟"，是范仲淹口中的"不如仙山一啜好，泠然便欲乘风飞"，更是邱云霄感念的"欲访踏歌云外客，注烹仙掌露华香"……茶和丝绸、瓷器是标志性的中国货，是中国文化的象征之一。我们以世界的视角，重新定义自身。茶更像是一门本土课程，它饱含着文化认同和乡土意识，是取之不尽、用之不竭的文化资源、课程资源——毕竟，这是一片享誉世界的中国树叶，唯有咖啡，才可以和它相提并论。

世间一切无时不在变化，但总有什么是不变的。比如茶，不变的是茶的本性，是鲜叶里的花香、烘焙后的岩韵……千变万化的教育，千变万化的课程，总有什么是不变的。不变的是人，是人性。所有成功的茶事，都基于茶叶的天性，一如所有成功的教育，都是拱卫儿童的纯真。

茶，不是一个孤独的存在。一片品质上乘的茶叶，它必须产自特定的山场；一杯岩骨花香的茶汤，它一定要匹配特定的水。而一种特定的制茶方法、喝茶方式，又勾连不少器具：从采茶时的竹篓，到制茶时的炉灶，喝茶时的"六君子"——茶筒、茶匙、茶漏、茶拨、茶夹、茶针，茶艺中最醒目的茶炉、茶匜、茶杯，更有冲泡时的"关公巡城，韩信点兵"的讲究……这个因缘世界的中心不是茶，而是人们对茶的喜爱，一如师者对孩子的爱心。教育只有在最基础的层次上，才是学会学习和生存；在最高的层面上，它是深刻地认识和理解眼前的世界，进而改进世界，通过理解和改变，将心和世界融为一体。

不少人说，茶只属于中年的岁月静好，但是，在此之前，它要在武夷山冬日冷雾弥漫的山上等候春来，直至 4 月中旬至 5 月上旬，经历被采摘、萎凋、摇青、初焙、拣剔、复焙、团包、补火、精制、包装等一系列复杂的工艺流程，才能呈现出一泡匠心的茶叶。最后，它被作为接待之礼献上时，还得经受烈火和沸水——难忘采茶叶时手掌被茶叶磨砺后的疼痛，在山间小路上肩挑背扛的汗水；摇青时，必须彻夜无眠，生怕火候不对，错过了发酵的最佳时机；复焙时，在 100 多摄氏度的作业间里，至少经过"三道火"的烘焙，火炉一开，必须彻夜守着，一旦达到 130 摄氏度左右，就要翻竹匾，如错过，茶叶就废了……如一个孩子的成长，不可能一帆风顺，必须经历尝试与获得、悲喜与离合、骄傲与失落……任何一处亲身经历的缺失，都是生命的缺失。教育不是告诉孩子经历，而是引导孩子们去经历。

跟茶叶不同的是，教育不是按标准的工艺流程复制产品、保证品质，而是由孩子自己决定在繁杂的环境中，正确地选择、学习、运动、交流、存在、改变……

没有哪份工作不辛苦，没有谁的生活很容易。此时，预备铃响了，上课时间到了，让我们端上一杯茶，润一下嗓子，整理一下心情，走向教室，微笑着对孩子们说："同学们好，上课……"

（原载《晋江经济报》2023 年 11 月 5 日）

儿童节 VS 消费节

昨天，孩子们期待的儿童节来了，像往常一样，我站在学校门口与孩子们击掌相迎，每个孩子脸上都笑开了花，一个家长和我说："我这孩子，平时怎么叫都难叫起来，今天早晨6点就起床，直嚷嚷要来学校!"——一年一度，可以理解。

学校自开办以来，一直坚持节日不给孩子买零食的传统。今年的礼物免费赠送孩子一件文化衫。虽然，学校一直强调，家长尽量不要带零食到班级，可是，过了不久，家长送零食"大军"向学校涌来，我拦下了一名抱着一大堆"可乐""雪碧"的女家长，"家长会上，学校强调，要多给孩子喝开水，尽量不喝饮料，今天怎么专门还给孩子送饮料喝呢?"女家长尴尬了一下说："今天是儿童节嘛——而且是我个人的心意，我马上回去换!"——是否真的有去换，后来开始忙碌了，我也顾不上了。

上午游园活动结束了，午餐在教室，学校每周五固定一道菜是虾，在教师的引导下，孩子们刚开始吃得不亦乐乎，但是，还没等饭吃完，家长们等不及了，肯德基、汉堡包、零食……全都出来了——班级"美食节"开幕了，挡都挡不住——理由："今天是儿童节，让孩子开心一下。"

下午，是文艺汇演时间。3：00开始，因为有新建的和木楼开始试用，学校首次将舞台设在二楼的学术报告厅，四年段的孩子和所有演员在主会场观看，其余班级在教室通过网络系统观看实时直播。演出开始后，我特意跑到班级去看一下直播效果，一走进教室，好家伙，孩子们还在吃——从11：30开始，竟然还在持续。一个一年级小朋友跑到我面前骄傲地说："校长，我吃了4个汉堡。"——嘴上，还啃着薯片。班级的桌子上还有许多鸡腿、水果等。面对个个眉开眼笑的家长和孩子，我只能选择摸摸孩子那圆鼓鼓的肚子："肚子这么圆了，还不停呀！"

本以为，今年学校的条件改善了，孩子们不必在炎热的室外演出，家长难得有机会陪孩子一起观看演出，边看边交流，是一个沟通感情、高质量陪伴的一个契机，不想"美食节"成了主角，陪伴成了配角……一个女家长说："校长，今年这样好，孩子们可以边吃边看演出……"边上许多家长都点头附和——我哭笑不得。怪不得，在我们这个体育特色较明显、学生运动习惯较好的学校，小胖墩还是越来越多。

想必这应该是普遍现象，有源自许多父母的补偿心理——"以前我吃过苦，现在条件好了，不能让孩子吃我们曾经吃过的苦""工作忙，没时间陪孩子，利用节日补偿一下"……让儿童节这个原来为了保障世界各国儿童的生存权、保健权和受教育权、抚养权，充满童真与快乐的节日，变成了"消费节"。

据说，消费投资与市场价值有个排序：少女＞儿童＞少

妇 > 老人 > 狗 > 男人。在利益的推动下，不止于儿童节，每个节日都成了商家极力宣传的契机。儿童经济的持续升温不仅是一种经济现象，也具有社会意义。满足消费欲望似乎成为一种情感表达的手段。不论是父母，还是爷爷奶奶、外公外婆，或者其他的亲戚朋友，儿童节为成年人提供了一个以认同和情感为社会联结纽带、以礼物为载体的社会交往、社会互动的契机。不同时代儿童节消费情况的变化，亦成了社会变迁的一面镜子。

快乐虽是儿童节的应有之义，但并非全部；儿童节固然可以"买买买"，却不能让消费主义遮蔽和替代了自省和反思，不能淡忘儿童节的初衷在于保护儿童合法权益，促进孩子健康成长。孩子的精神世界很单纯，满足他们的情感需要比送什么礼物都更好。"物质礼物"之上的"精神礼物"才是让孩子终身受益的动力。家长们在日常生活中，多与孩子进行精神上的交流，多花时间陪伴孩子，而不是到了节日才"突击"送礼物、吃大餐。与其去买一些玩了就丢的玩具，不如带着孩子一起运动、一起阅读、一起见识外面的世界；与其绞尽脑汁想着怎样才能更好补偿，不如想着如何挤出时间，高质量陪伴孩子。

消费至上的盛宴不是一切，更不能遮盖一切。有效陪伴孩子成长，懂得尊重和善待孩子，营造适合儿童健康成长的友好环境，显然需要更多人的参与、更冷静的观察与更持久的努力，任重而道远——请不要让儿童节变成"消费节"。

（原载《晋江经济报》2019 年 6 月 23 日）

双 向 奔 赴

前天，微信上收到一条五年一班的小 Z 同学的妈妈的消息，她是一名镇政府的干部，今年 9 月开始，在职攻读香港某大学法律翻译硕士。11 月的一个周末，带着小 Z 去香港玩时，顺便带他去香港的一所小学考试，考完他自己感觉很难，没抱什么希望，因为不少人的就读申请，都经常会有这样或那样的问题，起码都要历经一两年或者更久。没有想到第二天，小 Z 接到学校的 offer，说因为他的优秀，被录取了，明年 2 月份就可以去香港的这所小学就读春季班。孩子自己很舍不得，妈妈问他为什么，他说他很想得到我写的"藏头诗"，他之前四年级是从另一所学校转过来的，其中有一个原因竟然是，想要毕业的时候收到我的"藏头诗"。他想在本学期末前，赠送他一首"藏头诗"。

真没想到，一首"藏头诗"竟然也可以成为孩子们选择一所学校的一个理由。从 2021 年开始，4 年来，我共为 1506 名毕业生手写姓名"藏头诗"。初衷其实很简单，就是希望给孩子们留下一份别样的毕业礼物。这些年，有之前的毕业生和家长讨要"藏头诗"，但提前要的，是第一次。那一刻，小 Z 的小小愿望温暖了我，更给了我继续坚持写下去的勇气和动力。

关于师生关系，大家记住最多的是德国哲学家雅斯贝尔斯说："真正的教育是用一棵树去摇动另一棵树，用一朵云去推动另一朵云，用一个灵魂去唤醒另一个灵魂。"这句话的逻辑起点，还是以老师为主体，以老师去带动、去影响学生。其实，我更想说："教育一场双向奔赴"是"相互摇动、相互推动、相互召唤"。世上所有的关系都是相互的，人和人都是互为镜子，无论大人还是孩子。就像小Z简单的一个小愿望，就能温暖我、激励我一样。

近几年，学校规模一直在扩张，杂事缠身。有时候，我就会来到孩子中间，听他们开心地问候，看他们欢快地游戏，有的抱着我的腿要我抱抱，有的拉着我的手要我和他们做游戏，有的在陪餐时省下水果或点心要请我吃，有的贴到我耳边说"你知道我爸爸叫什么"之类的悄悄话，有的向我提出意见或建议……这些天然去雕饰的纯真展示，对我来说，是种治愈，忘却烦心事，享受那段蓬勃而清澈的时光——我们在陪伴孩子、呵护孩子、影响孩子生长的同时，又何曾不是滋养自己、历练自己、修正自己的过程，我们和孩子相互慰藉，互为照应，于是便成为彼此生命中的独一无二——双向奔赴的意义展露无遗。

"世界一直在你前方，五小永远在你身后"，这是我在每届毕业典礼上对毕业生固定要说的一句。我知道他们携带着许多祝福开始中学的生活，但他们的未来不可能一帆风顺，无法预知他们将要承受的艰辛与挑战，也无法代替他们作出判断和抉择。我和学校唯一的承诺是：学校和我任何时候都欢迎你回来，向老师们表达感恩，向大榕树倾诉秘密，学校会喝彩你的成功，安慰你的失意，陪伴你的孤独。

"卓尔不群志鲲鹏，渊图远虑绽五彩"。今夜，动笔开始写下今年毕业生的"藏头诗"，学校 2019 年开办的第一个分校有毕业生了，共 667 名。我和孩子们，将一直双向奔赴在彼此的年轮和时光里，互相映射，相互交融，让彼此的人生的夜空，璀璨而充盈。

（原载《泉州晚报》2025 年 1 月 2 日）

细节的魅力

那天，应学校校董会董事长之约，去他家陪他一起练习书法。每天至少一幅字，这个习惯，他坚持了40多年。站着写完之后，他走到一张硬木椅子边，坐下打开电视，边看奥运会的赛况边和我聊天。过一会儿，他提出要去其他地方走走。工作人员关了电视机，顺手把遥控器放在电视柜边。没想到，老先生指了指旁边的一张皮质沙发的扶手，和蔼地说："遥控器要放这里。"见我有些疑惑，另一位工作人员向我解释道，刚才那位工作人员今天替班，没有经验，老先生非常重视做事的细节，遥控器、毛笔等一定要放在固定的位置，一来是整齐，二来是使用起来方便。那一刻，我又加深了一层对他的理解——成功是细节之子，他对生活的细节尚且如此要求，工作上应该更是精益求精。他在创业早期就提出了"良心锤"文化，每双鞋最后一道工序是用锤子将鞋面和鞋底锤扎实，这样才不容易脱胶。经过反复验证，每双鞋至少要锤30下，才能达到结实的效果，他将"锤30下"作为一项质量管理的硬性规定。

细节虽不起眼，但常常出现在我们的生活中。生活里的这些细节，往往包含着别样意蕴，但这些东西很多时候不被我们所注意。也许是因为在我们的生命历程中，平淡是日常，因此，人们更喜欢关注那些轰轰烈烈、大开大合的事件，而往往忽视那些令人神往的细节，以及其带来的魅力。

每个新学年的开学季，面对小朋友们即将开始他们向往的小学生涯，作为一个老教育人，我始终认为，一年级是最重要的。人的一生中最长的学习生涯是小学阶段，整整六年，学习和生活的各种习惯养成好，必将受益终身。因此，我们学校提出了"十个好"细节习惯培养目标：好品德、好才艺、好阅读、好运动、好书法、好口才、好文章、好探究、好倾听、好劳动。我多次叮嘱那些刚走出大学校门的年轻教师："孩子不仅是家长的复印件，许多时候也是教师的复印件""老师的样子就是学生的样子、学校的样子"。

几年来，在教师们的努力和坚持下，孩子们细节习惯的培养初见成效。一天，学校辅导员发给我一段视频：放学降旗时，多名经过旗台的同学停下脚步，自觉自发举手敬礼。更有多名同学，穿着学校的校服，参加在北京天安门广场的升旗仪式，面向国旗，敬庄严的队礼……孩子们用实际行动演绎了一个个关于爱国爱校的内化于心、外化于行的故事。

细节好像是小时候在老家采挖过的荸荠地，无论你如何细心，但遗留在地上的荸荠，似乎永远也挖不干净。可在你的目光已经准备离开田野之际，它会突然闪现在你的视野中，给你惊喜和意外。

（原载《晋江经济报》2024 年 12 月 1 日）

放 学 路 上

我所任职的学校规模比较大。早上,上学时段,孩子们都是被各式各样的汽车或电动车送到学校门口。放学时段,车辆和家长早就将路塞得满满当当。校门一打开,孩子们鱼贯而出;家长们蜂拥而上,接到孩子后,一起坐进私家车,在拥挤腾挪中回家。极少孩子能自己回家。

一天,我站在车水马龙中维持秩序,突然觉得,现在孩子们像高档的行李,被父母家人在学校与家之间搬运——没有真正的上学、放学路上。

想起我们的小时候,上学、放学路上是我们最快乐的时光,大家成群结队、呼朋唤友、无拘无束,没玩累、玩透是不回家的。

在路上,我们边蹦跳着、踢着石子边走路,光着脚追蝴蝶、蜻蜓,摘下一片竹叶吹出"竹哨"。特别是放学路上,经过小沟、小溪时,顺手摸鱼抓虾,是为晚餐"加料"的必备动作。下雪时,为了比谁踩出的雪更响,浑然不怕鞋子湿了、脚冻得乌青、脚趾上长满冻疮。那时候,坐机动车,可是奢侈的事——记得为了搭一小段当时全村"首富"驾驶的拖拉机,我们十几个小孩子推着打不着火的拖拉机冲缸打火，然后吸着排气管冒出的一圈圈黑烟，分享着"香不香"……

在这路上，我们知道村里每一条巷子和拐角处发生的故事，知道哪家梨子最甜、哪家的西瓜快熟了、哪家播放《八仙过海》时看的人多、哪家小朋友昨晚回家挨了顿"竹鞭炒肉丝"……还记得，有一次，调皮的我和几个同学，为了比所谓的"大胆"，把邻居家一堆给牛当草料的稻草点着了，差点烧到房屋，四周的邻居自发跑过来救火。事后，主人一笑置之，没有向我们的父母索要任何赔偿。

现在想来，这是最值得怀念和期待的空间，充满熟悉与陌生、已知和未知，这是融光怪陆离、朴素真实于一体的大舞台，是各类"新闻"的信息源、交换站、扩散处……但在表面的松散与杂乱之下，它有一套自发的无形的秩序系统和应急机制。当危机或突发事情出现时，所有眼睛都会自行猛然睁开，所有脚步都会自发及时赶到应对。正是因为当年那种生活，有着温情安定、舒缓祥和的共同特征。

有一次，我问学校里的教师和家长，能否倡导让学校附近的孩子自行上下学？他们异口同声，回了我一句："这怎么可能，出了安全问题，责任谁负？"我也了解到，一些孩子一到车辆里，就迫不及待地拿起手机，开始打游戏、刷抖音，对父母家人的交流，有一句没一句地应付着——以另一种方式演绎着属于他们这个时代的"上学或放学路上"。

这个时代有一种无形割据的力量，把生活和其中的所有，切成一个个边界感森严的单元，从公共道路上的标志标线，到个人居住房屋、车位、走廊……让不确实的疏离感如影随形。究其原因，除城镇化的扩张让行程的半径扩大，行走不能抵达外，人们记忆中的传统村落文化正在渐渐消逝——那些鸟语花香、炊烟升腾，逐渐被高楼大厦、水泥路面所替代。此路与彼路已成陌路——每周末固定给孩子们讲"不要和陌生人说话"等叮嘱时，他们都会模式化齐声回答："安全第一。"刚学会表达，就要教他们闭嘴——有时候都怀疑，我已慢慢成为自己不喜欢的那种人。

千百年来，"家园""故乡"这些地点词汇，为什么饱含温度，让一代又一代离开的人时时牵挂，其重要性在于人与人、人与环境的和谐共生……它已经不是一个纯粹的物理空间，而是一个和地点联结的精神概念，代表一群人对生活属地的集体认同和相互依赖。若整个村落都给人以"家"的亲切和熟悉，那么一个孩子无论以任何姿势穿梭和游走，结果都是快乐、满足地回到家里。而路上所有的插曲，无论是伤痛还是欢愉，都是他必须经历的——或是奖赏，或是警示。

何时何夕，期待着孩子像自由的麻雀一样放松地蹦蹦跳跳在上学、放学的路上——让路上的风景丰盈他们的情感世界，成为未来他们回溯的精神皈依。

（原载《晋江经济报》2025 年 1 月 4 日）

如影随形

没有父亲的离别是苍白的

一直以来，我对数字都非常不敏感，特别是节日、纪念日，老记不清。昨天在二年二班陪餐，与天真澄澈的孩子们边吃边聊，不经意间，校园广播开始播报那周日就是父亲节，并开始在《父亲》这首歌的旋律中，播报孩子们的来稿。"总是向你索取，却不曾说谢谢你……"猛然间，心的内核被冲出一个漏洞，并从那个洞上开始垮塌，然后澎湃……

老家在武夷山褶皱深处，因为家里穷，初中毕业时，毫不犹豫地选择了师范——理由很简单，费用低，而且管饭，16岁那年考上师范，成了村里第一个所谓"吃皇粮"的人。父亲骑着那辆破旧的二手自行车，送我到镇上搭公共汽车去学校，10多千米的路，现在看来是微不足道的，但除了去县城外，少出远门的我，在车开动后，兴奋异常，没有注意到他满脸络腮胡子边那一瞥闪光。车轮渐远，父亲朝我不停地挥手，他的身影越来越小，越来越淡，定格成记忆中20多年不变的风景。

初到学校，有着依然单纯的学习冲动，甚至把饭钱省下来买书，本来就瘦巴巴的我，加上不注意打理头发，又长又卷。过年回家，父亲来接站都差点没有认出我。那个冬天里，父亲总不顾闽北冬季特有的严寒，去田野里挖泥鳅、下河电鱼……当我狼吞虎咽的时候，我没有注意到他嘴边欣慰的满足。

师范毕业后，又到离家更远的晋江开始当教师的生涯。第一次，父亲依然把我送镇上那个路口，把行李和200元钱塞给我之后说："以后的日子就靠你自己了，弟弟还要你培养……"那一刻，我依旧满不在乎——更远的远方、更多的未知在期待着我，更没留意父亲挥手离别的身影。

就这样，暑假、寒假的一次次轮回，奔走在故乡和异乡的烟火流转间。自认为开始成熟的我，对离别的仪式看得淡，每次都不要父亲送，我认为这似乎只是仪式，没有其他意义，但他每次都坚持要送，我亦随他。

直至1999年父亲去世时，我没来得及见他最后一面，成了我今生无法弥补的遗憾。回家的离别的路口，没有了父亲的挥手，那一刻起，猛然发现，没有父亲的离别是苍白的，年少轻狂是没有领悟这种美丽的唯一错误。总以为自己已长大得足以去忽视这种情感，但其实有些片段已不知不觉中，成了生命中的一部分，无法断舍离——父亲重体力劳作之余用络腮胡子茬扎我的脸时的柔情，用拿手的木工活帮我完成玩具的那开心的微笑……这些都映刻成最温暖、最无瑕的回忆。纵使远隔千山万水，也一直如影随形，从来不需要想起，只是，自己没有觉察而已……

那是2011年吧，第一次听到《父亲》这首歌时，一惊一怔，然后就记住了它——仿佛是我。才发现，我似乎从没有向父亲说过"谢谢你"——那阶段波折而狼狈的生活，忽视了一些本来应有的表达。于是，我把这首歌收藏在手机里，经常让它陪伴我在奔波的旅途中。

新的学期又开学了，学校又迎来了一批朝气蓬勃的孩子们，他们的微笑是每天学校里最美的风景。当然，还有一两个孩子在校门口计较不进学校，又哭又闹，甚至打滚，与家长、老师斗智斗勇，相信再过几天就好——经历一次离别，积淀一次成长。

毕业班依然是我关注的重点，每天，我都会至少巡视两次。更多时候，只是静静地站在窗外感受他们，想记住更多张他们纯真的脸庞——明年，又将与他们离别。几个 90 后的教师在向我诉苦，问我怎么办——毕业班的孩子们似乎感受不到压力，有的依然松松垮垮，"皇上不急，急死太监"。我笑着回她们说："理解他们吧，回想一下曾经的我们……"对于现在大部分在呵护和蜜罐中长大的孩子们，是无法理解我们教师传递的学业、压力、前途等这些深沉的字眼的。在他们眼里，六年小学毕业之后会有什么新鲜的未知在等待着他们，这也许他们最期待、最关心的东西——一些成长无法替代，一些苦痛必须自己领悟。一如曾经的我们，年轻时的离别是负担，年长时的离别是美丽。

此时，熟悉的歌声又在耳边响起，经历许多得到与失落了之后，终于明白，一些平凡而卑微的情感是唯一的方向——"直到长大以后，才懂得你不容易，每次离开，总是装作轻松的样子，微笑着说回去吧，转身泪湿眼底……"

如果来生有机会，父亲，希望每一次离别，都有你挥手的身影，让这些瞬间不再苍白……

（原载《泉州晚报》2019 年 11 月 25 日，并获 2019 年福建省报刊副刊作品年赛二等奖）

流 水 故 乡

最近，在我恍惚的梦中，时常在闽北山区的田埂上行走的少年，他总是挽着裤脚，赤脚走在田埂上，行走的脚步把河沟里的鱼惊得慌忙地跑远，或者像一只鸟，在天空中飞翔，看不清地上的季节。它在竹梢或树林停留的时候，总是要四处张望，看看是不是有一个心怀叵测的少年躲在某个隐蔽的地方，手拿弹弓向自己瞄准。

我总是搞不清，自己是那个少年，还是树上的那只鸟，或者是河沟中的鱼。

我想，我应该回到那个被我叫作"故乡"的地方，回到那里的天空和原野中，听凭道路选择我的梦境，听凭吹过脑际的风翻开页码混乱的记忆……还有想象。

一

记忆翅膀下面是像早晨的雾一样缥缈的景象。

河沟在月光下泛着点点的波光，它们在田野上穿梭，它们的名字带有我的乡亲们的姓氏，它们来自远方的高山，偷偷越过山脉的禁守，汇聚到一条长河中，然后又在那个石头坝处分手，各自走向未知的未来。

它们知道，流水和时间一样不可回溯。它们在分手的时候，充满了离别的伤感。

那座山叫"武夷山"，那条河叫"黄柏溪"。

河沟曾有个梦想，那就是沿着它们来时的路，重新回到那高山之上。但这只能是它们的梦想，它们在月光下的梦想。

那么回想之中又是怎样的道路选择了我梦境的脚步呢？

当一条故乡的河穿过我的心灵时，我像一条河一样梦想时，曾经的时间和空间要重新排列起来是那样艰难。我想，也许我再也寻找不到当初的样子了。

哗哗流动的水，水边的芦苇，在月光之中变成了故园迷蒙的风景。我像星星一样停留在它们的枝头，俯瞰他们，呼吸它们发出的水藻的气息。我是那个被父亲赶出家门的少年，坐在石桥上，等待母亲的寻找。我在石桥上看见了我的名字，我的名字被剥蚀得几乎消失，但我还是找到了他，我是那在流水中随波逐流的一根芦苇，轻盈的身影转瞬即逝。蓦然回首已经远离了自己的村庄、自己的田野、自己的河流。

那些一起朝夕相伴的伙伴，那个我少年暗恋的女孩，以湿湿的目光看着我远去。

这一切，已经无法挽回，是我及所有的人注定要付给时间的代价。

二

那年我 12 岁吧。

是夏天，田野四处都是刚刚抽穗的稻苗。风吹来，深绿的
稻田在阳光下变换着身姿。有了稻花，白色的、细小的花蕊如
衡疏的雪，在田野中飘。稻花在清新芬芳的香味。而现在，在
那个平原之处，在我的幻想之中，我却没有了嗅觉和记忆。

好安静的田野，村庄树林的背后，那些黑瓦掩盖的屋脊，
那些灰白的土墙，在掩映的竹与树间露出一角。村庄和田野中
没有人走动，没有狗吠，也没有鸡鸣。那片田野中似乎只有我
一个人，背着妈妈缝的蓝布书包，在田野上孤独而行。

我抬起头来，看见了远处的山峰。

在湛蓝色的天空下，钢蓝色的山峰庄严肃穆。乳白色的雾
从山峰间升起来，转瞬又在天空中消逝得无影无踪。

12 岁的我从未去过远方，我至今不知道，夏日的天空下
那钢蓝色的山离我有多远。

后来，我再也不曾见过那样的山，虽然在那些年，我几乎
每天都要有意无意地抬起头来仰望天边，仰望云空下的远方。
虽然，空气透明得一尘不染，人的视线可以到达无限的地方。
蓝色的天空玻璃一般。

三

我坐在桥头的那棵樟树下，石磨房里的石磨早已沉睡，

石磨流动时发出的吱吱咯咯声已经被水流声所代替。夜已经深了。

夜就这样在我的等待中走向安静的深处。在桥头的那棵樟树下乘凉的人们在哈欠中散去，回到他们的木屋。在昏黄的灯火中，他们看见他们的孩子睡梦中的呓语，常常会心一笑。

而这时，村庄的上空布满星星，故乡是一棵树，星星们在这棵树上，开得正亮。

在远方夜行的路上，我常常抬起头来，我看见天空的星星穿过遥远的云层，穿过遥远的夜晚，向我飞临，它们有自己被收获后的名字，它们叫"水稻""高粱""玉米"。

在春天，我看见父亲从田野里回来，春雨湿透了他身上的蓑衣和脚上的草鞋，他在布满水洼的院子里跺脚，随手捡起地上的一根篾片，刮去他鞋上的泥块，然后走进晦暗的堂屋。我从我的作业中抬起头来，计算稻粒的数量和粮仓的体积。父亲的蓑衣在屋檐下滴着雨滴，我怎么会知道，在三月霏霏的雨丝中，父亲会一边感恩地仰望天空，一边紧锁他爬满皱纹的眉头。那时候的父亲只有季节，没有田园。每一次，他计算粮食的手指到最后都会无奈地伸开，成为一张空空的手掌。

而现在，父亲已经长眠于故乡的土地之下，不再为来年的收成操心。他的坟墓，就在那条河的岸边。在那里，他可以听见流水的声音，而鱼是河流中的音符，没有鱼的河流，只有散文化的言说，不再会有歌的音韵。

（原载《泉州青年报》2006 年 10 月 13 日）

鸟 的 故 事

老家在闽北武夷山，那是诸多野生动物的王国，小时候的天空中，能不时见过飞过的各种鸟群，让你浮想联翩。

记得那年我上四年级，一天放学，我惬意地走在回家路上，夕阳中的晚霞一片通红，村头那棵老槐树的树叶斑驳地透着点点红光。突然间，就在树枝丫里扑棱棱地跃下一只大鸟来，我疾跑过去一看，是只全身乌黑的老鹰，那豆粒般大小的红眼睛圆圆地死盯着我，还张着钩子嘴发出沙哑而威慑的怪叫。在片刻的僵持中，我发现它的右翼拖坠着，已被血污成黑褐色。爱怜之心使我不得不在它竭力抗争中将它虏为猎物，让它跟我回家养伤。

我按父亲的吩咐，把它禁闭在一个大铁丝笼里。我还迫不及待地为它准备了鲜肉、虾米。还在父亲的帮忙下，为它受伤的右翼扶正、擦药、打绷带。可是，它对我始终充满敌意，它的利爪不止一次深深地嵌进我的手背，充满仇恨的锐利目光始终盯着我……

半个月后，我用被它抓得鲜血淋漓的手为它解开绷带，它的右翼能抖动了，破天荒地向我感激似的点了一下头。我高兴极了，告诉父亲想马上放它出笼。父亲说再养些日子，等翅膀硬实一些再说吧。父亲是一片好心，我心里当然更舍不得它走啦！

出乎我的意料，等到能扇动翅膀时，它就示威似的胡乱地撞笼壁。无论饮食如何丰富，它总不屑一顾。犀利明亮的眼睛渐渐黯然呆滞，丰实光鲜的羽毛渐渐蓬乱无章，因乱闯乱撞，伤口再次流血化脓，右翼再也不能抬起来了。它太想天空了！我惆怅地望着天。

后来，村子里的孩子便传着我在老槐树下为老鹰"送葬"祭奠的新闻。直到今天，我一点也不认为那是童稚天真的事情。

光阴荏苒，而今，每当异乡的天空中掠过一只少见的鸟儿时，我就会想起那只鹰，在我脑海中飞翔徘徊，很久很久才能隐去……

说来也巧，前几个月，我家的阳台上落下了一不速之客——一只翅膀受伤的家鸽。女友小心翼翼地为它包扎伤口，还为它准备了丰富的食物。于是，它便很驯服地和我们打成一片。女友便剪短了它的羽翅。于是，这鸽子也成了真正的"家鸽"，飞不了多远。不得不与鸡鸭鹅为伍，我和女友去上课的时候，它经不住饿，去和母鸡们争食物而被亲昵几口。不久，它又变得呆头呆脑，脚下走路总像失去重心似的。女友开玩笑说："也许是给楼下人家的鸡啄成脑震荡了。"

前段日子很冷，家鸽竟从外面阳台的窝里溜进房间里来，伏在床角边，度着它孤寂的岁月。我担心怕有一天它会钻进屋后陶瓷厂的烟囱里去——那里实在暖和得很。

女友告诉我，过些日子，要为鸽子寻门亲事，要不翅膀长齐长硬就会飞走了。

我觉得鸽子本来什么都会找到，何止爱情？此情此景又叫我想起了那只鹰。

（原载《泉州青年报》2002 年 1 月 13 日）

鸟　巢

那年整个秋天，母亲每晚都在昏黄的灯光下为我们 4 个姐弟赶缝棉衣。棉衣缝好了，寒冷的冬天也就随之而来了，这时，我猛然想起屋后核桃树上的鸟巢和鸟儿来。

那是一个用树枝和蒿草随意在树丫上搭起的鸟巢。巢虽丑了点，但巢里的鸟儿却很美呢。整个春天和夏天，核桃树绿荫相叠，那绿，把屋后那方天空撑得满满的，看不见天空，看不见鸟巢，也看不见鸟影。只凭鸟儿那此起彼伏的清脆婉转的歌声，就能把整个场院搅得红红火火。可当我们都圆滚滚地穿上母亲做的厚棉衣时，鸟儿们怎样才能抵御闽北山区特有的寒冬呢？于是，我裹紧棉衣去屋后看鸟儿。

落光叶子的核桃树孤零零地立在寒风里，枝已变得黑朽，像一位骨瘦如柴的老人，没有欢叫的鸟儿，只留个简陋的鸟巢悬在枝头。

我的鸟儿们呢？它们觅食去了？是为加固这破烂不堪的窝寻找材料去了？或者弃巢远行了？……我多希望：鸟儿们没走，也许它们在今夜就呼啦一下回来了呢？

我决心留住鸟儿。

我要像母亲精心缝制厚棉衣一样为鸟儿们拾掇一个温暖的窝。

搭鸟巢不是件简单的事，我从父亲砍来过冬的柴垛中抱了一捆树枝，一根一根盘上树，横七竖八地在树丫上架了个结结实实的框架。又悄悄地抱了母亲引火用的稻草，在新搭的鸟巢里厚厚地铺了一层。再剪开我穿旧了的棉衣，掏出黑乎乎、硬邦邦的棉花垫在稻草上。鸟巢搭成了，我又偷偷地抓了几大把足够一窝鸟度过冬天的稻谷和米粒放进鸟巢里。

以后，我就天天站在后院的墙根下，望着那棵核桃树，望着核桃树上的鸟巢，盼望着鸟儿们呼啦啦一下子从那灰蒙蒙的天空中飞来，还不停想着鸟儿回到新家时高兴欢叫的情景。

可是，日子一天天过去，鸟儿们却终究不见归来。

随后，一场大雪铺天盖地地淹没了一切。核桃树枝上落了厚厚的雪，比先前粗了一握。那巢呢？一下子变得如脸盆大小了。大家不愿出门，老老少少缩着脖子，围在火炉边烤火取暖。

就在那个雪天里，一天放学回家，我猛然发现一只鸟缓缓从头顶飞过。

鸟儿终于回来了！我兴奋起来，连滚带爬地去了后院，想要看看鸟儿们是怎样住进我为它们搭的新窝的。

然而，跑到后院，我却傻了眼。

后院没有鸟，也没了鸟巢，连那棵老朽的核桃树也不见了，新鲜白皙的砍痕显得那么刺眼。

核桃树被放倒在后院地上，父亲穿了短衫，满头大汗地挥斧将枝丫一根根砍去。

"你为啥要砍这树？你为啥要砍这树？"我迫不及待地问父亲。

父亲停下手中的活，奇怪地望了我一眼，说："为啥？这树生不了几个果，满身都是虫子，砍了它明年开春做咱新屋的顶梁柱！"

我又连忙去找那鸟巢，却居然一根搭窝的树枝都没找到。那一刹，我的心一下变得空落落的，"鸟巢没了，树也没了，我的鸟儿永远不会有归宿了。"

好冷啊！

回到屋里，爷爷正佝偻着身子坐在火炉边烤火。他太老了，咳个不停还不停地对着烟杆吸烟。见我进来，爷爷放下烟杆颤着声音喊我去烤火："冻坏了吧！快让爷爷抱着烤火。"爷爷对我的爱是超过其他几个孙子孙女的，可我靠近爷爷，低头朝火炉一看时，心便猛地一抽：那火炉里烧得旺旺的树枝和稻草，不正是我为鸟儿们搭的"家"吗？

我的眼泪一下子流了出来。

见我流泪，爷爷赶忙心疼地说："来，告诉爷爷谁欺负你了？我去教训他！"

望着爷爷那被大火烤得微微发红、布满皱纹的脸一脸关切的神情，望着火炉中即将化为灰烬的鸟巢，我一句话也说不出，只好任眼泪像断线的珠子滴落下来……

那年，我13岁。

(原载《泉州青年报》2010 年 2 月 18 日)

空巷深深

每次回到老家去看奶奶，都要经过一条空巷。

那也许不是条巷子，只是条很静的僻道。长百米左右，宽不过两米。巷中有棵很老很老的槐树。之所以为巷，是因为两边都是古屋。蜿蜒的巷子，东西走向，罩在古墙的阴影里，只有夏至的中午，北边高墙在两米以上才黄得灿灿的，幽暗的巷子才稍显明亮一些。

走进空巷，不知多少年前的青砖、磨砺得光滑的大块麻石堆砌成巷子的路和两边的墙壁。墙壁直、平而且高，在窄小的巷子里，那片的天空，抬头只见一线，泛白而深邃。前方有片昏黄的阳光，很遥远，很绚丽。沉混的足音，一声接着一声，使人觉得自己是个身材很高的巨人。巷子里的人三三两两从黄昏走进去，走进夜晚，又从黎明里走出来。

空巷似乎有别样的吸附力，使人不由自主地放轻脚步，轻到无声。槐树的根，枯干得铁锈样的颜色，扎在土里，悠闲地喘气。风缠着一片挂在枝上的叶子，偶尔晃荡着。巷子那头，斜斜地放着几捆枯黄的稻草。手伸出去，黄土墙上一划，簌簌地掉下许多土末儿。空巷没有睡眠，静谧如一张薄薄的生宣，只一点墨，就能染透纸里纸外，直至蔓延到每个角落。

空巷里总有风，风像初生牛犊般少年，总有使不完的劲，撞在墙上，找不到缝，就只有继续跑。落叶和偶尔的纸片，被风卷起，打着转上升，可高不过巷子的墙。又缓缓飘下，终究跑不出空巷，一如奶奶的家。

奶奶的家就在巷子的尽头。经年斑驳的木门，木门上的大铁圆环，在几辈人摩挲下，褐色的铁锈包围中，那门环亮得雪白。轻叩门环，这个重复无数次的动作，在木门上烙下一个深深的印痕。印痕里盛下了沧桑，像一双眼睛，静静记录着从巷子进出的人们鲜活的脸孔，无论悲伤，还是欢笑。

闽北的冬天常有雪，巷子里的雪会积得很厚，泛着那种幽蓝的微光，也只在脚下，巷子深处依然很暗。偶尔有两行深深的脚印，春天后，最后一片雪消失在这儿，脚印很快就模糊、消失了。冬天的故事就是看这空巷里的雪，纷扬的雪花儿，像一个迷幻的故事，结尾是那些消失的脚印……

（原载《泉州青年报》2009 年 3 月 16 日）

蓑　衣

前些日子，在一个朋友那看见久违的斗笠，老朋友似的亲切，拿一顶在车后厢放着。看着斗笠，不由想起了蓑衣，它们是绝对默契的搭档。

老家在闽北山村，蓑衣与斗笠是农人必需的装备。无雨的日子里，它赋闲在墙上，怎么看怎么像一个人在墙上行走，偶尔穿堂而过的山风，不时让它晃一晃，让人知道它还存在。6岁那年，我立在敦厚的门槛上踮起脚尖试图撑起它，却始终无法如愿。

每年开春了，在淅沥的春雨朦胧中，爷爷都会无一例外地披着蓑衣蹲在田埂上，静静地向着远处寻思好半天——塑像一般。小时的我一直纳闷，田上什么都没有呀。后来，我才知道，爷爷披上龙须草编的蓑衣，蹲在田头向老天祈雨。

编蓑衣的草叫"龙须草"。它极有韧性，有烟熏火燎的日子味，除了用来编蓑衣、草鞋和搓草绳，也可以浸软了捆菜吊鱼肉。若在春天里扯一根衔在口中，春天就有了一股淡淡的甜味。儿时在集市上见过打蓑衣的，边打边卖。木杆上的蓑衣如一排上岸的鱼，像是还要借着风游向头顶的大海。现在想来，蓑衣是一件手工艺品——毕竟，它是人类传承下来唯一用草做的衣服。

蓑衣旁边挂着镰刀，还立着一把锄头，只有它们心里知道在一块儿待了多长时间了。闲了一冬，镰刀生锈是再正常不过的事。记忆中依稀保留着那幅爷爷披着蓑衣，在门口蘸着房檐滴水磨镰的情景。那吱吱兴奋的声音和寒光闪动的刀锋中映现出大片大片倒下去又站起来的庄稼和青草。

后来，远离了故乡，远离了蓑衣，偶尔，心里神往起"孤舟蓑笠翁"的隐者起来，也曾在画中看见过几个，只是，可能是印刷品的缘故，层次不清，和挂在老家土墙上的没法比。

一衣沉睡多年的草，不仅给人遮风挡雨，还能让曾经的过往复活如斯……

（原载《晋江经济报》2015 年 3 月 20 日）

三 代 人

一

上个月里，劳作一生的爷爷去世了，永远留在了故乡的土地之下，不再为来年的收成操心。他的坟墓，就在河的岸边，在那里，他可以听见流水的声音。

爷爷他们，一生都捆绑于禾苗，腿脚与铁犁同时楔入泥土。在三月霏霏的雨丝中，爷爷会一边感恩地仰望天空，一边紧锁他爬满皱纹的眉头。那时候的爷爷只有季节，没有土地。每一次，他计算粮食的手指到最后都会无奈地伸开，成为一张苦笑的手掌。是谁那氤氲许久的一声轻叹，久久萦绕在炊烟袅袅的日子里，挥之不去。爷爷从旧社会的长工一路走来，走过很长很长的路，却始终没能走出曾经那一亩三分地，他淌下无数的汗滴，却始终无法填饱子女空空的饭碗和饥渴异常的目光。

二

父亲那依旧透着农民本色的双手，从禾苗青绿的笑脸里，细细体味着到土地的细腻与温存，无数次轻柔的抚摸，催生出一地白亮亮的稻花，那是徜徉于原野与田间的希望，在人们渴望的向往中，不停地呼唤着温饱与乡愁。秋风吹熟了世界的时候，父亲用那把老式镰刀，收获那一地沉甸甸的希望。我的父亲，我那为泥土而丰富、为雨水而灿烂的农人，他沧桑的笑容，是那么的欣喜异常。

在小时候的夜里，我常常从计算稻粒的数量和粮仓的体积的作业中抬起头来，看见天空的星星穿过遥远的云层，穿过遥远的夜晚，向我飞临，它们有自己被收获后的名字，它们叫水稻、玉米、土豆……

三

多情的阳光日复一日地在田间上次第开放，我的兄弟姐妹们，却不再满足于在田间里专心打磨。禾苗们所有的根须都跃跃欲试，都试图上演一出精彩的剧目。

熙熙攘攘的早晨，在水桶吱吱悠悠的动听小调中，我隐约看到邻家的花季少女翩跹走来。田地里的风春意盎然，撩拨着她五彩斑斓的憧憬。那所有春天的草长莺飞，在她不曾准备的眼前不断变幻，幻化出如水生动的诗句来，一句一句联成彩

虹，荡漾着一纹一纹驿动的心。我的邻家女孩，不想再以经典
的方式生长。

四

在土地的排行里，她是我所有妹妹中最年轻的一个，对禾
苗有一种本能的反抗。若干年前的春节里，她和几个和她一样
的女孩，登上了开往南方的火车。听说，南方有另一种精彩的
生长方式，在这些邻家小妹的眼里，那里总生动得如少年故事
里的童话。

而她们，将在下一轮雪落的日子里回来，在周围复杂的目
光中以各种轻盈的身影，鸟一般回归。此时，曾经的村庄在钢
筋水泥的堆积下长高了一大截，而宽敞平直的马路上，那些青
葱少年正以飞翔的速度，畅享她们心头开放的爱情盛宴。

五

我是第几代农民，我不知道。在大家眼中我已经所谓的
西装革履，但我依然清醒，我仍然是一个地地道道的农民，
一个光脚调戏泥水、赤膊对抗烈日的农民，我依然只会在 5
月的田间青翠欲滴，在 8 月的晒谷场上丰腴动人。在那片称
之为城市的丛林里，我小心翼翼，没有方向。而走入田间是
不用经过重重钥匙封锁的，尽管，曾经的村庄已不是那苍老
的容颜，可田间柔婉的乡音依然动听。稻田与稻田之间也没

有斑马线。可是，以后呢，以后的以后呢？——我终不敢去问自己太多的问题。

六

从旷野吹来的风，不停地敲打异乡的门，试图一次次唤醒身穿钢筋水泥土地，可始终不见回应，我干涸已久的眼睛水气朦胧，我身上盛开着汗花和泥彩，一步步地深入土地的内核，每一个深深的脚印都是真切的、赤裸的。

海子说："别人看见你 / 觉得你温暖，美丽我 / 则站在你痛苦质问的中心 / 被你灼伤……"

（原载《泉州青年报》2006 年 5 月 10 日）

乡 关 何 处

一天，爱人突然问我，你现在算哪的人。我猛然一怔，是呀！我现在算哪的人呀？籍贯在浙江，在武夷山长大，在建阳读书，在磁灶落户工作。2004 年在朋友的鼓动下，在厦门按揭了一套房，全家的户口都迁到那了。填写各种档案表格的时候，我发现，档案可以写清楚，可心却没来由茫然起来。哪里才是我真正的故乡？也许，一个丢失了故乡的人是可悲的，心灵的荒芜会旷远而迷离。

在一个地方待久了，会习惯，也会麻木。因为太熟悉，反而失去了许多的敏感与期待。对未知的窥视如一棵棵野草，在不甘寂寞的心底，时时蓬勃生长。那不一定是对某种东西的依恋，很多时候仅仅是一种莫名的感觉，只能意会，如果话到口边就使听者疑惑，言者迷惘。这种别致的朦胧，便成我们做梦的理由。

小时曾随父母游玩过一些地方。因为机会不多，记忆深刻，常从发黄的照片中回到曾经。回忆是奇妙的东西，经过时间的沉淀，一些细节变得模糊，可印象却越发清晰。记忆中的画面如陈年的老照片般散发着经年的芬芳，不时温暖我苍白的记忆。

二

相信，不论多少年后，人对家乡的记忆也是无法抹灭的。一段简单的对白，一幅褪色的画面，一段弯曲的小路，一种久违的声音，都会积在许多人的心里，历久弥新，在一个个不经意的黄昏记起，鲜活异常。

我的老家在武夷山，虽然在这座名山的脚下，却常被人们淡忘，我每对人提起它时，都要补充一句"就是在武夷山的景区内"，对方才似懂非懂地点头。这座我从未长久居留，却在我生命中意义重大的小山村，如今要完整清晰地表达自己对它的印象已很难描述，只有一些纷杂而片段的印象。比如成片绿油油的烟田，家对面的断崖下有些恐怖成片的小棺材，在小溪洗脚时在对面穿梭的水蛇，老屋中的古老窗花，还有长满青苔的老井，以及乡亲未老的容颜、温柔的乡音，还有斑驳的墙壁——那些曾经承载了无数风雨不曾坍塌的墙壁，它们沧桑的容颜，如淡定的长者，睿智而苍凉。这一切沉淀在记忆里，在时间流逝中终于成为记忆中一道深深的痕迹。

三

19 岁那年的夏天里，开始在有"中国陶瓷重镇"之称的小镇里行走。一住就是 14 年，一天天地融入这个小镇的肌理。发现这座与故乡文化背景完全不同的小镇。经历着繁华与富裕，纷杂与无序，可是，日子一久，就像生命中那些闪烁着耀眼光芒的日子，即使是微风一吹也就散了，那些碎片渐渐羽化、凋零，沉积在记忆的深处，耳边只听得见岁月的轻轻叹息——在纷杂的人流中迷失自己，多么容易。于是我看到这小镇明亮的灯火之上，漆黑的夜空中，灿烂的繁星闪烁，孤独而沉默。

闲暇时，我骑着车，带着爱人和女儿，到处走走看看，站在熟悉、窄小无章的街道上我看见忙碌于生存的人们的笑颜无论欢愉或者落寞都一样生动。生活的气息扑面而来，流淌向前，无休无止。

这些年，小镇有些地方开始改造，一时间空气里尽是干燥的尘土味道。街道上许多大大小小的"拆"字，红色颜料将一个个"拆"字如印章般盖在建筑之上。有些触目惊心。一个周末，我来到一个没有水的所谓的公园（一直以为，有水的风景才有生命），但这里和从前一样宁静、安详，嬉戏的孩童，静坐的老人，飞翔的风筝，似乎在昭示，有些变化可以原谅，有些变化可以铭记。

此时，我望着生存了多年的地方，突然觉得它像一个巢，使人觉得安全、温暖。我试着确定它在我面前展现的印记，却越看越模糊，每每一段经年的小巷都似乎在不停地变换着颜色，在记忆中明晰而又朦胧，那些画面一幕幕变换，色彩也由明丽渐渐变得古旧，最终，也许会淡化成为一种怀念——这是一个时时想要远离，又无法走出它的包围。一次次厌烦而依赖，深入却疏远的地方——这是我要寻找的故乡吗？

四

去年，搭朋友的车去过一次广州，抵达这座充满传奇的城市，面对陡然增加数倍的人流、车流时，突然感觉茫然失措。陌生的街道和人群，陌生的声音，陌生的气息。就像远离的游子，在离开自己熟悉的土地的一刻，无所归依。回程的车上，我看着万家灯火亮起，又淹没于夜色之中，竟然有了强烈的想回家的感觉。终于，居家的地方渐近了，心不再迷茫。我知道，这才是一座属于我的故乡，我想无论经过多少年，无论我走出多远，无论何时都默默等待、迎接我的地方也只有一个，永远挣脱不掉——就像承载了一种宿命的安排。

此时，我望着我身边的小镇。那些沧桑的建筑，氤氲的光影，穿梭的车流，挺拔的烟囱，灰蒙的尘土，还有孩子们纯真的笑脸，这些平凡而单纯的画面，交织成不可或缺的温暖——定格在我心中。是的，还必须去面对一些更加真实的存在，一些曾经为她和孩子许下琐碎而平凡的诺言，还有不断捡起又不断失落在行走途中点滴的梦想与希冀——作为一种底线的生活方式存在，是最后的坚持，不能忘却，不能放弃。

（原载《泉州青年报》2007 年）

父亲的乡间小调

去年清明节赶回老家扫墓，正巧遇上村里有人去世，邀请鼓乐队送行。在村口一片大家都懂得的不伦不类的喧嚣声中，蓦然想起了老家的乡间小调。

小时候，每逢放学和假日，我都要随着父亲去上山砍柴、下田劳作、割草种菜……在闽北山区特有清新辽远的旷野上，鸟儿、蟋蟀等生灵清脆的叫声合成的交响，遥遥成童年的回忆。但至今时时仍在我每根脉管旋响不已的，是父亲在田间劳作或休息时信口哼哼的乡间小调。印象最深的是那首《女鬼告状》："七月十五庙门开，牛头马面两边排，阎王老爷中间坐，拖出一个女鬼来……"一个在人间饱受凌辱的女鬼在死后到阴曹地府讨还公道的故事，父亲用他长期劳作磨砺出特有的沙哑、凄切的声调演绎得如泣如诉。

回到家后，我问母亲，现在村里人还有人会唱乡间小调吗？母亲说，现在谁还会唱这个，大概没人会唱了。是的，不是大概，肯定没人唱了——如同在武夷山景区边缘这个已经被年年看涨的茶叶行情改变的村庄里，雨后春笋般拔地而起的崭新楼宇间，一不小心，就会错过那个曾经青翠葱茏的村口一样。

此时，乡间小调成了那个葱茏的村口，复活了一些记忆，那似曾相识的暗夜、那具体实在的季节——清澈的河溪、冬天的白雪、经年的古庙，以及父亲长年劳作的背影、沉默升腾的烟雾、粗粝开裂的大手……

扫父亲的墓时，除了我们劈枝除草之外，四周的茶园一寂静，曾经的乡间小调不复响起。贤惠的妻子，特别从晋江带了许多金纸到坟前焚烧，炽热的火焰和飞扬的纸灰，凋零成散落在故乡许多角落里的影子，作为碎片化的存在，连缀不起思念的诗句。

而短暂的停留之后，飞驰的动车又一次将我带离故乡，带离父亲坟前的新土、刚刚发芽的青草和母亲的牵挂，故乡的春夜将又一次与我擦肩。日益发达的交通，许多次让我误以为故乡近在咫尺，其实，在烟火流转间，它正以前所未有的速度远去，开始以老家的姿势存在。而父亲，只能在梦中出现，他长眠的那个土堆，似乎成了一个伤口，一触及，心尖便沾上酸涩的泪滴。

"纸灰飞作白蝴蝶，泪血染成红杜鹃。"每年，当我穿过清明的夜晚，穿过村口那株老樟树与老家之间的小路，希望梦里的父亲，能陪我一起捡起久违的乡间小调，或者月光，或者春雨……

（原载《晋江经济报》2020 年 3 月 29 日）

父　亲

　　始终觉得父亲像甘薯一样生存于土里，只要顺着任意的一根茂盛的蔓，便可扯出土里的他。我诗意的印象是，老人一直在一朵花上养生，夜里吃着落英。他手里握着一支古铜色的烟杆。

　　是的，我父亲过着一种简单而封闭的生活。他的一生没有七弯八拐，没有轰轰烈烈。可以一笔到底，简单扼要地叙述。

　　父亲黝黑壮硕，特别是一脸的络腮胡子，让人印象深刻，他很少主动找人交流，很难和人熟络。早上起来，傍晚收工，父亲总是以同一个姿势坐在大门前的石墩上吸烟，父亲烟瘾很大，他的烟叶一般都是自产自收，手工压轧。做工精细，抽起来无杂味、生白灰。家中的自留地，父亲总要留出一块，那青得让人生畏的绿叶，是父亲的骄傲。在父亲的一生中，总有那么几个空档是虚浮的，是属于烟雾的。

　　父亲的脾气极坏，动不动就打人、摔东西。有时看父亲是一种烟气袅绕的静态，或许是一种耐人寻味的景观。可是，在蓝色烟层下面，是一张随时变色的脸，只需一点火星，他的火是骤发性的。我印象最深的是，年幼的我烧了一张灯泡的外包装纸，还在我沉醉在蓝色火焰中时，父亲的竹棍便狠狠地落在我身上。那天中午，我游荡在村前的田埂上不敢回家，家母只说了句我还是小孩，父亲随手就将饭碗砸到母亲的背上。

过去，青壮年时期的父亲是家乡一带有名的木匠。早些年，村里的人盖房子，大多是请他上梁、做家具，他的一部分日子是在人家屋顶上过的。父亲去做事，极好招待。点心只要一碗清汤挂面，加上一碗收拾得有颜有色的酱菜，他就行。特别好嚼那种灰榨菜根，那青瓷小碟，青青的榨菜，红艳的辣椒，但那些齿间发出的清音妙响，似乎胜过山珍海味。他吃饭速度极快，一双筷子三划两划，便见了碗底。他吃过的饭碗，像没吃的一样，干干净净一个碗、一双筷。

后来，父亲老了，父亲实在是老了。人就是这样，说老就老，什么都抵挡不住。

闲来时，父亲常走到人们的屋檐下，看着屋上那整齐的机压瓦发愣，偶尔低下头看着自己的左手，是呀，他曾经是个优秀的木匠，他至今还完整地保藏着斧子、凿子、锯子，像文物。

父亲的死也很简单。父亲死的这一天早晨，母亲前一天去二姐家过夜，大地敷上了白霜。一个目击者说，他每天10点左右就看见父亲必会去早市。这一天，大门紧闭。他觉得有些不对劲，就去叫门，可怎么也没人开，遂撞大门，只见大厅的中央默立着一只盛水的澡盆，一只不慎掉进澡盆里的无名甲虫正在无望地扑腾着。父亲在里间早已将早年准备的寿衣穿上。父亲的身体已经冰凉了。可以推测父亲对自己的死十分清楚，可以想象，头天晚上，他十分认真地洗澡，费了很大的劲才从澡盆里爬起。来不及倒掉脏水，便觉得倦意重重袭来。吸干了身体内储备的所有精神，于是他去更衣，且穿了新鞋。躺下就鼾声大作，呼吸短促并伴有浓痰堵塞吐纳。经过短暂有力但无望的挣扎过后，生命离开了父亲的身体，可惜他的儿女一个也不在身边，一句话也没有留，走得干干净净。

他的坟，正对着村口的大路，我们长年奔波在外的两兄弟如果回家，一下车，他就可以看到。

看见一堆土。我并没有觉察这土有什么特别，与那土没有什么两样。这堆土在我内心是难变成坟的。坟是冥国的弧形建筑，是死的一部分。我面前这堆土是曾经生长过稻谷、茶叶的土，是活土。父亲在他终生劳动的地里躺下，怎么叫死？我没有见过他死的过程，他最后的喘息与挣扎。所以，固执地认为他只不过是刚刚睡去。我妥协地认为他只不过是被大地珍藏，到时他会像甘薯一样萌芽、抽枝、展叶，水灵灵地鲜活。

看见秋风吹断坟上的一根枯草，几年的积淀，我内心才一点点拥起坟的形象。确认父亲已然不在，内心的一个位置便自然而然地空了出来。只有家中悬置的父亲使用过的木器与铁器们叮叮当当，闪闪烁烁地钩沉父亲鲜活的碎片。

一年后，又是秋风吹断了坟上的败草。

（原载《泉州文学》2017 年 9 月号）

父亲推了我一把

我的父母亲是地道的闽北山区农民，在我的记忆里，他们两人之间极少搭腔，偶尔说上几句话也是电报式的言简意赅，不会多出一个字，也从不称呼对方。两人多年的相濡以沫建立起来的默契代替了语言。这样的夫妻在中国农村实在太多太平常了。"爱情"这样的字眼加在他们身上似乎太华丽，但再平淡的爱情也有自己的表达方式。

记得我读小学三年级那年的一天，我的父母亲不知为了什么事又闹了别扭，谁也不让谁。僵持了许久后，母亲开始收拾包袱，准备回娘家，只是收拾东西的动作远不如往日的利索。父亲还是不吱声，倔强地站在一旁。当母亲终于收拾好东西挎起包袱的时候，她一直埋着的头抬了起来，定定地看了我们父子一眼。父亲却依旧站在一旁，大口大口地抽那劣质的烟。母亲见状便一转身向门外走去。就在母亲转身的一刹那，我的后背挨了父亲重重的一击——父亲飞快地推了我一把。呆立许久的我这才如梦初醒，知道了父亲的意思，便冲上去抱着母亲，大叫："妈，不要走啊！"然后，我的父亲这才一步步走过来，将母亲的包袱挎在自己的臂上，牵起我的手说："我们进去！"

事情就这样解决了。那一晚，我看见母亲依旧像往日一般把洗脚水烧得滚烫，一声不响地放在父亲的脚跟前。

是啊，世间褪尽浮华的爱情，往往以平淡示人，其中醹醁的意蕴，不是语言可以叙述的。多年来，我一直不曾忘记父亲在我背后的一推。

（原载《泉州晚报》2006 年 5 月 13 日）

远　山

　　祖父的猎枪到父亲手里已残破不堪了。父亲从祖父手中接过那支猎枪是一个春天的午后。门外的几株树在腐烂了半季之后，开始冒出稚嫩的绿芽，那些绿芽依旧在寒风中颤抖着。水中晾着几片游丝般的绿云。祖父把手中的猎枪交给父亲时，只说了一句：要小心。

　　然后，祖父就去世了。

　　祖父没有闭眼，他的眼睛和他肩上的刀伤一样，翻开着，永远没有愈合的机会。几片初春的阳光，透过瓦隙落下来，几根细小柱砸在父亲的背上，父亲好半天没能睁开眼。

一

　　阳光稀释了世间太多的故事。祖父离去的那个春天，父亲说他的眼睛总是迷迷糊糊的。也难怪，春天满地都是便宜的阳光，那么雾迷迷地照着，醉了酒似的。

　　父亲将自己埋进阳光里，埋了整整一个春天，他的影子成了一座时钟，跟着太阳旋转成一天的时间。

祖父的坟头正对着远山，远山开始有了一层如梦的绿。父亲提起那支擦亮的猎枪，沿着祖父每年必走过的路，走进了远山。

也就在这个令人心悸的春天，父亲的眼睛再一次迷糊了，他只看见眼前绿色的迷幻。远山的丛林如箭一样地射来，父亲在慌乱中扣动了扳机——轰。

整个春天凝固了。

猎枪炸裂了，父亲失去了 3 个手指。父亲从此沉默异常，母亲向我指点远山的时候，父亲正蜷缩于被角，用无神的眼睛看着我们。

在母亲的谆谆教导中我日渐长大，我也渐渐认识了远山那如梦如幻的绿色。

在我不谙世道的年岁里，我向父亲问起那支猎枪。

父亲说丢在远山了。

远山？

祖父找寻远山，父亲伤在远山，我脑子里总浮起一叶绿帆。

这个时代流行浮躁。

城市里，你找不到真正的自己，满街的风潮几乎淹没了人的本性。家园何在？

二

一个寒冬中，我回到了家乡。

　　水是嫩绿的，上面映着女人的红袄子，我用碎瓦片划出一片水纹，捞起一个零碎的天空。家乡的楼房在水中歪扭着，连同我的影子。

　　我说想去远山看看。母亲递给我一枝嫩绿的柳条。

　　"猎枪并不能征服一切。"这是远古的一位哲人的名句，母亲曾将它灌进我幼稚的头脑里，到现在，我才欣然接受。

　　从父亲那浑浊的目光里，我读懂了关于远山的传奇故事，虽然我不清楚那故事的许多细节。就如这世间的好多东西，你不必清楚全部。

　　我推开童年的那扇窗子——

　　远山呢？

　　几幢参差着的楼房阻隔了我的视线。

　　我窗外的视野只有古板的水泥墙。

　　几棵树在连接着的楼房的缝隙里支撑着零星的嫩绿。似天上掉下来的几片云。阳台上的花朵独守着一方天空，听锣似的雷声和树枝状的闪电，已知足了。它们对于生活来，稍稍点缀也就可以了。透过楼房的空隙，我看见了远山，它远远地绿在我的心中。

（原载《福建文学》2006 年 4 月号）

春　望

　　父亲有些振奋起来，絮絮叨叨地在老屋里收了火盆，挽胳膊卷腿地在阁楼上取了锹锄耘耙来一应地端详擦拭起来。母亲说，瞧你那猴急样，眼睛便缱绻地穿过闽北冬天漫天灰蒙的雪雾。父亲只是笑笑："惊蛰五日出九，马上就要立春了！"

　　日子就这样一天连一天地平淡，倘若没有一个春的激励和鼓舞，父亲成天呵欠连天，满屋的烟雾。

　　好在春天终于还是来了，满世界的沉寂与混沌便陡然地勃发。父亲也一样，呵欠再也不见了，眼睛放出别样的光芒，迫不及待将棉袄如夏蝉脱壳般地脱得坚决而彻底，那般摩拳擦掌的样子，让我想起孩童时代游戏时战士入战壕的态势。

　　是呀，春天到了，父亲便把所有的梦想都投在这个随风而来的季节里。在这个意义上说，父亲就像一位诗人，激情而充满寓意。此时，种子该说些什么了，父亲于是一包一包地抱在膝上，像对儿女般地亲抚和选拔，再浸水、再保暖、再透气，等到一粒粒出齐了芽，焐足了劲，父亲就会领着他们出征般地下到早已打理好方正平整的田垄里，覆上白塑料膜。

　　父亲俨然一位诗人，在春天，他百般向往着浓浓的诗意但绝不会将劳动也赋予一种诗的形式。譬如栽树，他每次都是客观而慎重，何距是株、何地为阳等都十分讲究，有时甚至为种某棵树的栽法要苦苦地折腾好一阵子。父亲说：人是脸，树是皮，谁不指望一棵树栽下了后人能乘凉呢？是呀，父亲在屋后种的树，在全村人的羡慕中不断苗壮。前些日子，母亲打电话来说，大姐、二姐要盖新房，要用父亲种的树。十余年后的今天，父亲的话得到了验证。

也许，栽种的是希望，父亲便是格外凝重而小心。农活靠天吃饭，这是常识，因此，父亲对天气也相当关心。要立春了，父亲总会念叨：最好立春晴一天，农夫不用力耕田。一年，天上飞着小雪时，第一声春雷打响了，父亲便在床上辗转得彻夜难眠，直说："正月雷打雷，二月雨不歇，三月缺苗水，四月秧长节，咋办呀？"话语里满是湿漉漉的不安。

一家人的劳作开始了，插秧、施肥、耙草、杀虫，在父亲的呵护下，那春苗一派青葱。常常地，活做完了，父亲便会点一支烟，久久地望着稻田，像欣赏自己的作品。

经过夏日的炽灼、秋日的淬火，那水稻就会和着一家人的汗水，长成一片金黄，展现在父亲的眼前。只是，并不是每个收获的季节都与丰收有关，许多的年月里，种下了希望，他计算粮食的手指到最终无奈地伸开，成为一张空空的手掌。此时的父亲，便是一身的颓唐，无情地覆盖了他曾经在春天里的激情。隆冬的火盆旁，他那雕塑般的身影，常在我梦里鲜活，让人生疼。

然而，只要另一个春天开始，父亲就会依然注入兴奋剂一样，规划着、忙碌着，希望也就会再一次被春光映现成一道炫目的彩虹——天天天蓝，春春春望。

（原载《泉州文学》2009 年 10 月号）

报 复 父 亲

在我童年的记忆中，父亲的巴掌像一扇木门板，宽大有力，呼啸而来，如一片沉重的乌云，母亲、我和3个姐弟常被乌云笼罩着。

少年爱火。一次过年的前一个下午，调皮的我，拆开灯泡的包装纸点燃后，看着蓝色的火焰，还来不及高兴，父亲发现那灯泡是坏的，包装纸拆开后，无法退换，他的巴掌如约而至。我独自逃向村外的原野的田埂上，任泪水恣意流淌。我渴望长大，并沉浸在战胜父亲的幻想之中。在我渴望长大的梦想里，隐藏着一个念头：报复父亲。

13岁那年，我只身到镇上念中学，可深藏于心的念头却并未泯灭。回到家中，面对父亲的谈话，我所表现的态度不是冷漠就是烦躁，或者干脆无言以对。后来功课日益紧张，回家的次数越来越少。在我内心深处，依旧深藏着对父亲那难消的积怨。

19岁那年，师范毕业后，我来到一个与家乡远隔千里的小镇上工作。随着岁月的流逝，对于生命与生活，我有了摒弃浮华后的思考。对于父亲，我也从心灵深处理解并原谅了他：

我在童年时那一次次的挨打，实际上是父亲不堪生活的重负而发出的一种释放。

冬日，行走在故乡已渐陌生的田野里，我看见父亲挽着裤腿，佝偻着身子，荷锄而归，步伐缓慢。而那双让我痛恨多年的双手，早已粗糙不堪。

父亲老了。

老态的父亲已经没有过去那雷霆万钧的气势了，面对子女，常以一种孱弱的语调，叙说自己并未留给子女更多财富的遗憾。在那断断续续的唠叨中，有着父亲无限的内疚。看着父亲一步步走向衰老，我深藏多年的报复父亲的念头早已灰飞烟灭了，取而代之的是难以言状的感伤。

（原载《泉州晚报》2000 年 6 月 19 日）

父亲的旧方巾

父亲是地道的庄稼人。打我记事起，他腰里就掖着一条一尺见方、皱巴巴的土布方巾。夏天，父亲的装束简单：黑凉鞋，大裆肥腰的裤衩，旧草帽，还有一条方巾。只要天不冷，父亲总是这般打扮。下地干活，裤头是庄稼汉最基本的文明物。当然草帽也是少不了的。父亲说："宁可叫脊背烤出油，莫叫太阳晒了头。"那土布方巾也绝非奢侈之物，不仅早晚洗脸用它，劳作时擦汗也少不了它，还可用它来包从地里摘到的野菜。

小时候，跟着父亲下地干活，在地里，我在前面咔嚓咔嚓地掰玉米棒子，父亲在后面吭哧吭哧地挖玉米秆子。日过正午，父子俩停下来开饭，父亲美滋滋地喝着青草茶，大口大口地吃着从汗碱斑斑的方巾里拿出的饭团，居然香极了。那时我对父亲的方巾并不感兴趣，宁可用衣袖擦汗，也不愿用它来抹脸，热烘烘的汗味不消说，那粗硬的布面，刮得我汗津津的小脸好疼。而父亲，则用得极顺手自如，就像有钱人用柔绸香纱般熨帖。

我参加工作后，家里的经济条件好转了一些，衣裳经常可以更新，而父亲的汗巾依旧。原先白土棉变得灰不溜秋，四边的布丝垂着，中间烂了个小洞。妻子过意不去，买了条针织大毛巾。父亲执意不要，说，用惯了旧的。我理解父亲的习惯，他对土纺土织的汗巾有感情，便让妻子去市场扯回三尺白棉布，让父亲换着用。父亲果然高兴。

去年寒假，我回老家。父亲的腰弯多了，脸上的皱纹也多了。看父亲那方巾又破了个洞，我立即去村里的小卖部买回了一条毛巾，并向父亲说毛巾的价钱并不贵，用着也舒服些。可父亲说："能擦个脸就成了。"不过，父亲这次还是留下了毛巾。万万没想到，5个月后，父亲却溘然长逝。当我在父亲的枕头底下，看到叠得周正、未曾启用的白毛巾和那方汗碱斑斑的土布巾时，我的鼻子酸了。

（原载《泉州晚报》2001年8月26日）

特殊的邮票

父亲不爱说笑，在山区深处长期辛勤的劳作使父亲最初叠印在我脑海中的印象是那样严肃，彼此间的距离仿佛遥不可及，笼罩在家里的空气如小径深处的深潭，平静而安详、寂寞而悠长。然而，一天我发现父亲对我笑了，微微地笑了，就在那一刻，我想起了和风细雨中的绿叶。

就在日复一日平凡的生活里，找到了闲暇生活的支点——集邮，并通过一切可能的渠道收集邮票。

一天，父亲突然说要帮我集邮。我并不在意，认为这只能是一种不可能兑现的承诺。可是，过后不久的一天，我在小房间里忙乎，父亲推门而进对我说："平儿，我想起来了……我带给你一张邮票，这是我在大街上捡来的。"

父亲微笑着打开日记本。"太谢谢你了。"我接了过来，一看，不是张真邮票，是张和邮票一般大小的糖果纸——"小山羊系列奶糖"糖纸。

我惊奇地抬起头来，此刻，淡金的斜阳映在父亲饱经风霜的脸上，这张脸正微笑着，得意地看着儿子，眼里满溢着慈祥的快慰，仿佛为儿子做了一件了不起的事。刹那间，我脑海里浮现出父亲花白的头发，佝偻着身躯，颤巍巍地在众目睽睽之下捡起它。

"好吗?"父亲轻轻地问我。

"太好了，我……非常喜欢。"我开始哽咽了。

现在我早已不集邮了，但我会永远珍藏这张特殊的"邮票"。因为，它定格着父亲的微笑。

（原载《东南早报》2005年7月8日）

母亲的水缸

桃花开了，开在湿润的雨季，漫着醉人的芳香。鸭梨黄了，甜在翠绿的树荫，散发着馋人的滋味。

每逢这时刻，母亲的心显得格外年轻，慈祥的笑容里，流露的是对两口大水缸的钟情。

在我的记忆里，水缸早就存在我们家庭中了。那时候没有自来水，母亲每天就早早起床，去村里的水井挑水，灌得满满的，保证一家的用水量。水缸的水是清澈的，用脸贴在缸边更是清爽宜人。

秋去冬来，天刮起了西北风。母亲早就挽起了袖子，把大白菜、青菜、萝卜等一一洗净，把它们腌进水缸制成咸菜。当时我还小，母亲叫我跳进水缸里用脚拼命踩踏咸菜。我还怕使不出劲，就在大水缸里用力地跳。随着我的认真，一掬碧绿清香的菜汁在缸边泛起泡沫，那泡沫在冬日的阳光下闪着五彩的光泽，那绚丽的光泽也是我们一家一年生活的希冀。

冬日里，水缸内飘散着清香的咸菜味。母亲用它制成的一道道别致的佳肴，使闽北山区冬季特有的严寒失去了单调。母亲说：水缸是最重要的。

年年复年年。突然有一天，回到老家，村里都用上自来水，我们都发现水缸被淡忘了，它们无声无息地伫立在杂物间一角。我们劝母亲把它们扔了吧。母亲没有回答，转向离去，那迷茫的眼神好像在向我说些什么。我也只好作罢。

直到那一天，屋后飘来醉人的桃花香，母亲骄傲地告诉我们：水缸永远是重要的，她舍不得水缸，就如孩子长大了，但在母亲的心里永远是孩子一样。

是的，无论何时何地，水缸永远是母亲的水缸。

（原载《东南早报》2005 年 7 月 8 日）

奶奶的天井

那一年，奶奶 16 岁。外曾祖父不经意地瞥见正在堂前拾掇的奶奶。突然发现这个小丫头变得窈窕漂亮了，晚上就悄声对外曾祖母说：她不小了，该寻个人家了。

5 个月后，奶奶便嫁给了爷爷。热闹的唢呐声中，奶奶咸涩的眼泪流了一脸。

爷爷家并不富裕，是属于那种小本生意的商人。爷爷人高马大，脸上永远带着慈眉善目的平静。不谙世事的奶奶先是整日整夜地啼哭，然后便木然呆坐。但不久奶奶便被爷爷的平静融化了。她开始暗自侥幸并且自我安慰："老天算是有眼了，这个做我丈夫的人算不错。"

第四天的时候，奶奶终于走出厢房，眼睑红肿如快要成熟的桃子。爷爷正要生火做饭，被烟呛得不断咳嗽。奶奶轻轻夺过爷爷手上的蒲扇，沙哑着嗓子说："去，还是我来吧。"

也是从那天起，奶奶才真正留心打量起她的家来。这是一幢老式的闽北山村的建筑，一跨进厚实的门槛，便是个天井，沿着天井的两旁，是两座很陡很窄的楼梯，上去便是漆黑的厢房。天井正对面是堂前，两边各有一间厢房，左边那间便是奶奶和爷爷的新房。

但奶奶的视线一直久久停留在堂前的天井里。

天井的中间几块磨得发亮的青石板，旁边则是用卵石镶嵌起来的，看起来有些岁月了，从卵石的缝中已长出丰腴的青苔和几株茁壮的小草来。抬眼上望，透过悬着风铃的屋檐，便可以看见蓝蓝的天，鸟儿在上面栖息或悠然飞过。

奶奶便有点怔怔了。

爷爷照例去镇里继续他的掌柜兼伙计的小生意了。奶奶的大门照例是敦实而缄默地关闭着，她游离的目光穿透不了包着铁皮的大门，于是她便端坐在堂前抬起眼看着天井上的天空。有时候会看见阳光灿烂，有时候她又看见春雨淅沥，更多的时候她的眼前一片茫然，而她的思绪则变得绵长而悠远。

奶奶是读过几年私塾的。爷爷走了以后，她会找出几本发黄的线装书，低低吟诵古书上的诗词，比如《诗经》上的"蒹葭苍苍，白露为霜。所谓伊人，在水一方"。低低的叹息在老屋子里迂回。

之后不久，奶奶生下了我爸。她似乎并不孤独。她把一切爱心都倾注到小生命里。除此之外，她仍习惯于怔怔注视天井之上的天空。

那一年，奶奶刚刚19岁。

在此之后，爷爷的小生意倒闭了，回到家里再也没出去。奶奶又接二连三地生下了二叔、三叔、四姑。古旧的屋子一天天变得热闹和亢奋起来，奶奶则在一天天的啼哭与喧哗中变得慵懒烦躁起来。那些线装书也被叔叔们撕扯得无一幸存。奶奶大部分时间都声嘶力竭地呵斥他们，教他们走路、说话、上学，然后把他们培养成军人或工人。

终于有一天，当奶奶和爷爷守着空旷的堂前面面相觑，一缕阳光从天井上空斜照在他们的头上、脸上，他们心中才"咯噔"了一跳，彼此发现，对方已经老了。

前几年爷爷和奶奶终于从那幢带有天井的屋子搬出，住进了三室一厅的新居。去年冬天见到他们时，虽然都70多岁了，身体仍十分硬朗。奶奶说她一生最大的憾事就是足不出户，外面的事情一点也不清楚。奶奶的表情有很浓郁的惋惜，我注意到头发花白的奶奶在叙述她的想法时，总是一动不动地注视天花板，脸上漾着一种神机莫测的微笑。

我感到震惊。我想象着老屋前的天井，年轻美丽的奶奶在那儿端坐，有月光如水般泻下来，我奶奶塑成一尊白玉雕像。

奶奶的心里有一座天井，天井外面的世界好大，飘动着奶奶不朽的梦想。

（原载《泉州晚报》2015 年 6 月 13 日）

女儿，我们是你翅膀下的风

——写在女儿 4 周岁之际

芊蔚，眨眼间，你就 4 周岁了。从出生的第一天起，从来没有写下一个文字给你。原来想记些日记，因为没有恒心，不了了之。后来又想，也许你和我们一样平凡，平凡的父母、平凡的出生。一些记忆深处的片段，等你长大了才和你分享。每当同事或朋友眉飞色舞地谈论自己的孩子是如何如何的优秀时，我总是淡淡地应和着，偶尔有人问起你的情况，我总是简而言之地带过。

一个晚上，因为整理材料，9 点多回到家时，你已酣然入睡。你妈妈告诉我，你在睡前一直在怪我怎么还没有回家。看着你睡梦中的笑脸，我突然觉得，是到了该写些什么东西送给你的时候了。

一

你叫芊蔚，源自陈子昂的诗句"兰若生春夏，芊蔚何青青"，是"荷花"之意，是你还在妈妈肚子里时，爸爸不知什么时候起，一看到这个词，就认定了，不论你舅舅说"打赤膊"反对，爸爸都坚持了下来。

知道吗，芊蔚，妈妈生你前是快乐的，虽然每天大腹便便，却依然一口气能吃下一整斤虾、一整斤的葡萄。最重的时候，达到168斤。就因为听人说一句"补月子不如补胎"。每天快乐的笑脸在那所规模不小的民办小学里，成为一道风景线。

许多人都弄不清你妈妈为什么每天会这么快乐？你妈妈说，她快乐了，出生后，你也才会快乐。我呢，每天为了学校和孩子们，早起晚归，却常常想象着你的模样，盼着见到你的日子，仿佛仍在昨日。

终于，怀胎十月过去了，到了临产的日子，那是2002年11月11日上午，你妈妈突然觉得肚子疼，我们马上将她送到晋江市中医院，从2点钟一直疼到5点钟，因为你长得太壮，妈妈一直生不下来。医生又说你胎位什么的都很正常，不要剖宫产。5点20分，医生终于开口，如果5点30分还生不下，就剖宫产。5点30分，你终于呱呱坠地——好家伙，7.8斤。

女儿，生下你不容易，我在产房的外面，听着你妈妈大声地哭喊。要知道，你妈妈平时是连打针都怕的。最后连不锈钢焊的床帮都被她扳断了，你可以想象当时你妈妈所经受的苦楚。

母女平安，我开始兴高采烈地打电话，可大家都不信，还认为你是个男孩——哪有生女孩这么开心的。是真的，那个时刻，爸爸的心里只有你和妈妈的健康，没有其他的想法。

接下来的5天是我们甜蜜的日子，你的一颦一笑、一举一动，白里透红的肌肤，莲藕般的手臂，圆嘟嘟的手指，让我们看不够、摸不够。抱着你，看着你憨憨地笑，我们的心如春风拂过般温暖惬意。我和妈妈常在你熟睡时静静地看你，你均匀轻缓的呼吸，安详宁静的脸蛋，让我们深深陶醉，我无法不赞美生命的奇妙与美丽。偶尔，熟睡中的你会忽然做出吸奶的动作，嘴唇一动一动吮吸着，那样子常逗得我和你妈妈忍俊不禁。

可是5天出院后，你妈妈一直觉得身体不正常，一走路就相当疼，在家待了一天，受不了，我赶紧请王明阳伯伯开车送你妈妈到当地一个听说相当棒的医生家。点滴了一天，还是没有效果。最后，我们把你妈妈送进了泉州二院。住在泉州的莹莹阿姨、江怀叔叔他们都赶来了，医生一查，原来是为你接生的那个医生做手术时不认真，出现了严重的失误。

在后来一个月里，你和你妈妈就在医院的病房里开始了坐月子。只好请你姑婆来照顾妈妈。你妈妈要每天忍受病痛的折磨，照顾你妈妈的姑婆说："别人生一百个孩子都没有你妈妈生一个孩子痛苦。"而爸爸请假了一个星期后，学校不高兴了，叫学校的董事长打电话给爸爸，要让爸爸去上课。因为是毕业班，爸爸每天6点30分从泉州打出租车到学校，晚上上完夜班后，再打出租车到泉州。值得爸爸欣慰的是，许多同事、食堂的阿姨每天都将鱼、鸭等弄得好好的，等爸爸回来后带去。陈雪娇阿姨还将她们自己家的红菇炖鸡汤给妈妈喝。

因为怕影响你，医生的许多用药都进行了控制。终于一个月过去了，出院之前，下灶村的吴海水书记和钱坡村的苏尚赐书记这二人，又和爸爸一起去中医院和他们讨回了个说法。

把你们接回学校，你给我和你妈妈带来了甜蜜，也让我们体会到了做父母的艰辛。你拉湿拉脏了，再怎么疲惫，也得立即为你换干净。因为你对纸尿裤过敏，只能用棉纱的尿布，有时刚换好，你又拉湿了，只得再为你换。夜里，你醒来了，再困倦，也得为你喂奶换尿布；你不睡，便要一直陪着你，直到你入睡才能睡。

印象最深的是，爸爸怕你有时一个人躺着孤单，经常抱你，因此，只要没有人抱你就哭，还认生，不让别人抱。特别是颠倒昼夜，白天睡觉晚上闹，我和你妈妈分工，上半夜是她，下半夜是我。你这小家伙，爸爸如果一坐下来你就哭，爸爸为了不吵醒你妈妈，从床头走向床尾，又从床尾走到床头。第二天，爸爸依然要上课，有时在课间 10 分钟休息时，趴在桌子上，竟然可以睡着……又甜又累的日子过了两个月。

又是一个新的学期开学了，你长到 8 个月了。妈妈请假的时间到了，奶奶无法从武夷山老家来照顾你，没有办法，我们开始四处打听，有谁让人家寄带孩子。经过多方的打听、选择，我们把你寄养在一个农户的家里，因为听别人说她带孩子很认真，我们还帮男主人找了份工作。

从那天起，爸爸和妈妈有时利用中午或晚上的时间，带上鱼汤之类的去看你。知道吗，每次走的时候，我们都是偷偷地走。你妈妈很多次回来，躺在床上流泪，整夜整夜睡不着，牵挂着你。

　　毕竟是给人家带，慢慢地，你脸开始粗糙起来，而且黑乎乎的，一次满脸上竟被风吹出了一道道裂痕的伤口，让你妈妈心痛不已。不过，你还是很顽强地健康成长着。直到1周岁又3个月时，2003年11月20日。那是令你爸爸妈妈最痛悔的日子。

　　那天上午9点30分左右，爸爸接到保姆的电话，说你发烧了。我和妈妈马上赶到她们家，一摸额头，非常烫，我们立即将你送到了医院，一试，40度。正当我办理手续时，你竟然在你妈妈怀里晕了过去。幸亏医生当场抢救，3秒钟之内苏醒过来。医生说这么小的孩子，如果昏迷超过3分钟，因为脑部缺氧，就会有无法弥补的后遗症。发烧大概是前一天晚上就开始了，第二天，保姆洗完了她们全家衣服才告诉我们的。也就是从那刻起，爸爸妈妈才觉得自己的不够负责。你说第一句话时，我们不在身边；你蹒跚迈出第一步时，我们不在身边。还有这次，让爸爸和妈妈有着深深愧疚与自责。

　　你病好后，爸爸把一个半月的工资全部给那个保姆后，重新让你回到了我们身边。多亏学校对面蓓蕾幼儿园的帮忙，几天后，你就开始了比正常孩子提早很多的幼儿园生涯。

　　每当有人问起我，孩子给别人带好不好时，我把这段经历告诉他们，他们没有一个再提起。是的，没有什么人能比得上自己的父母真心。想到了天下所有的父母，都应该知道"父母"二字的重量。

二

有空的时候我和你妈妈常遐想，想象你的未来。说些什么送给你呢？送你七句话吧。

首先，希望你学会善良。爸爸妈妈希望你有正直、刚正的品格，坚守自己的人生信仰，做一个堂堂正正的人。宽容，但又不懦弱，凡而不俗、不卑不亢、光明磊落。好的品行，能获得好的人缘，有助于你的一生。孩子，长大以后你会听到"无毒不丈夫"之类的词句，我想说，这不是生活的全部。善良如雪，有些人在践踏，但更多人在倾听。记得 3 周岁时的一个晚上，我们放影碟片给你听歌，可是一听到《流浪歌》这首歌时，你竟然流下了伤心的眼泪，这让我们非常诧异。在路边遇上乞丐，你总会说他们这么可怜，我们拿些钱给他们吧。爸爸相信，善良是与生俱来的，希望你的这份同情与怜悯能坚持。善待别人，有时就是善待自己。即便落水的蝎子 100 次蜇了你的手，你也要 101 次伸手把它救上来。

第二，希望你要学会接受。人的一生大多在平淡无奇的岁月中度过，而拥有激情和辉煌的岁月大约只占生命的 5%。而且，这 5% 等不来，要用很长的时间甚至是毕生的精力去准备、去积累、去追逐。长大，就意味着你要面对一切的愿意和不愿意。芊蔚，世上很少人为自己的梦在飞翔，世界不可能为你心中涌动的每一个愿望倾斜。你要学会沉静地接受，接受你父母的平凡，接受你父母的苍老，接受你自己容貌的缺陷，接受你学业的平庸，接受你的生活单调，接受你平凡的人生轨迹。要接受你爸爸妈妈只能用摩托车送你上幼儿园，甚至要接受你爸爸和妈妈开摩托车永远不会超过 40 码，过马路时的瞻前顾后和小心翼翼。也许有一天，你会觉得我们怎么会这么平庸，不能给你别的孩子那么多。芊蔚，你的爸爸、妈妈一直也在努力，可许多东西不是靠努力就能改变的。也许会有一天，你像爸爸一样，去到一个完全陌生的地方工作。这就像移植在山坡上的树，是硕果繁花还是枯枝败叶，靠自己的毅力和运气了。慢慢地，你会开始喜欢看动画片，因为里面充满的和谐与真诚，坏人永远得到惩罚，王子一定能找到公主，可到了现实中肯定不是这样。坏人有时活得比好人更好。王子找到的不一定是梦中的公主。你要学会平静地接受，这个世界"存在就是合理的"，弓是弯的，箭是直的，这样才能射得很远。从这个接受出发，你的飞翔才有方向与勇气。每个人都要真正清楚自己所需要的是什么，并且懂得面对，这比什么都重要，尽管很多人为此付出了沉重的代价。

　　第三，希望你学会宽容。古时候，有个叫寒山的问拾得："世间有人谤我、欺我、辱我、笑我、轻我、贱我、骗我，如何处置乎？"拾得曰："忍他、让他、避他、由他、耐他、敬他、不要理他，再过几年你且看他。"你爸爸和妈妈一路走来，有许多被人捉弄的经历。爸爸和你讲一个真实的故事。一个校长，多年前聘任时，她不仅不聘我，而且说一些没边际的话，让你爸爸遭遇到一次刻骨铭心的灰色，直接导致许多故事的发生。几年后，她没聘上校长，没地方可去，托人来说要来你爸爸当校长的学校当老师，爸爸没有犹豫，不计前嫌，就答应了她。而且让她当学校的行政。孩子，这就是真实的人生。记得吗？三年来，爸爸为什么每年都会带你到厦门过年，为什么每年的正月初一带你去鼓浪屿看大海。大海因为宽容，成就它的宏伟。芊蔚，你的人生中一定会遇上你不喜欢的人，会遇上曾经伤害过你的人。宽容些，忘记成长路上不愉快的记忆，把它当成你前进的动力。你唯一要做的是——使自己变得足够强大，强大到别人不能伤害到你。

第四，希望你学会勇敢。前两天爸爸看过一部电影，叫《生命列车》伴着淡淡伤感的哨声，它在告诉我，人生旅途上，就好比是一次乘车旅行，要经历无数次上车、下车，时常有事故发生，有时是意外惊喜，有时却是刻骨铭心的悲伤。总有一天，你会迫不及待地离开我们的怀抱，去体验你期待已久的生活。我们以自身有限的经验提醒你，这种提醒，你会觉得很烦，你会漫不经心。因为你太渴望长大——世界太丰富了。生活不可能永远一帆风顺。我们会老去，甚至离开，是呀，许多过程你必须亲身经历才会深刻，提醒是无法深入你的内心的。有些人与事，不能分担，只能承担的，一如伤痛，一如爱情。也许有一天，你在陌生的驿站遇到困难，打我们的电话再也无法接通。也许会有一天，面对长大的蜕变和生活的压力，你突然感到手足无措。你会感觉自己就要被慌乱和不安吞噬。芊蔚，这个时候，你要勇敢，再勇敢些面对。就像现在，知道爸爸和妈妈为什么一有机会就带你出去登山、游泳吗？青云山、武夷山、普陀山、紫帽山、清源山、冠豸山、九寨沟等，你的脚印都曾留在上面。就是为了你能勇敢些，人生的道路有些时候像登山，在你腰酸背疼的时候，你很想停下来，甚至放弃。一定要坚持，也许一坚持情况就不一样了。看过那将头埋进沙土的鸵鸟吗？它认为那是一个永远的避风港，可当沙土被风尘吹开，鸵鸟便不得不直面眼前的世界。人生的路好像很长，但关键的就是那么几步。一步对，步步对；一步错，步步错。有时候，一步就是一生。

第五，希望你学会感恩。要学会感恩，永远怀一颗感恩的心。爸爸19岁那年怀里揣着你爷爷借来的200元来到晋江，虽然自己很努力，很小心翼翼地在这片与爸爸的故乡文化背景完全不同的地方，游走、前行，但是，有些事、有些高度是靠自己无法完成或达到的。一定会需要人的帮助。总结爸爸的不算成功的前半生，能一步一步地走到现在，清霞阿姨、国川伯伯、明阳伯伯、丽婷阿姨、莹莹阿姨、江怀叔叔等，还有其他的人，都曾经给过爸爸许多帮助。特别是王明阳伯伯，他虽然是个企业家，和我们家非亲非故，爸爸只是在他家的学校当过4年的小学老师而已。但10多年了，他一直把我当亲弟弟看，无论爸爸人生最最低谷的时候，从来没有远离。我和你妈妈结婚时，口袋里没钱，他不仅用自己的小车当婚车，还组织了100多个朋友骑着摩托车接亲。到酒店时，他怕我们准备的酒席不足，一挥手，让 100 多个朋友自己回家，自行解决午餐。他们没有什么用得着爸爸和妈妈回报，也没有什么能回报他们。所以孩子，一定要学会感恩。一定要感谢那些给我们帮助的人。我们常常会犯的一个错误就是：帮助过我们的人我们常常忘得很快；伤害过我们的人，我们常常记得太久。就像爸爸，每个节日里，发个短消息，有空时打打电话。如果他们有什么事，无论大小，一定要在最快的时间完成。用一年交 10 个朋友，不如用 10 年交一个朋友。如果我们有一颗感恩的心，我们就会明白是谁给予了我们的生命，是谁把我们养大成人，是谁在真正关心帮助我们；我们就会明白有这份尽管可能是不太理想，却是来之不易的工作是如何的重要；我们更会明白有一个生存的环境和喘息的空间的弥足珍贵。学会向自己的爱人感恩。对于自己所爱的人和所有爱自己的人，我们心里都会有一种深深的感动。因为那一份特殊的关怀和爱护，使自己的生命不再孤单。你看那风雨中穿行的鸽子，虽然它的家只有几根稻草、几根羽毛，但是，它却是鸽子穿越无边的黑暗，不住地寻找的方向。我们学会向你的敌人感恩，奥运游泳冠军罗雪娟得冠后一语惊人："感谢憎恨我的人！"芊蔚，真正让我们激励我们奋进的往往是自己的竞争对手，因为是他们才会让你认识了自己，觉醒了你的自尊，增进了你的见识，激发了你的斗志，更让你明白凡事都要有底线思维和最坏的打算。

　　第六，希望你学会与人相处。在我们这个儒家文化影响深远的社会，许多人、许多事都逃不开一个"情"字。王明阳伯伯多年前告诉我，这个社会能力只占成功的 30%，而做人占到 70%。现实中有许多人，他们的才与智都让人留下深刻的印象，可是，他们各方面有时倒比不上比他们能力更差的人。芊蔚，也许你某一方面会很优秀，你要记住，你不可能每个方面都优秀。天使为什么能飞？因为她把自己看得很轻。许多人失败的原因，就是倒在自己的优势而不是劣势上。这点，你要向你雅青阿姨学习。她经历过许多事，但是她每天都用她标志性的笑脸面对人与事。她的朋友很多，许多人也把她当成朋友。因为朋友多，她的各方面成就都让人侧目而视。你爸爸这方面还不够。也许你爸爸多年前的经历给爸爸的阴影太浓，也许不爱说话，也不太会说话，特别是一些场面上的话。芊蔚，和人相处是一门很深的学问。影响你的不是别人，往往是常常在你身边的几个人，同学、同事等。我们要相信这样一条规则：判断别人时，你自己也被别人判断。如果你总认为这个人也不好，那个人也不行，人人都有问题，那只能说明你自己不善于与人相处，自己有问题。别人正是通过你对别人的判断，来判断你的为人。学会在一个团体中，给人关怀和爱护，使自己的生命不再孤单。带着微笑，带着宽容，带着关怀，带着幽默，你一定也能够在这人际大海中尽情遨游，享受你带给身边的人快乐，也让自己更快乐的喜悦。芊蔚，为什么爸爸在你每个生日那天，会买一个大大的蛋糕到你们班上呢，就是为了让你和你周围的人相处得更好些。长大了，克服你爸爸身上这方面的缺陷，达到你爸爸今生无法到达的高度。

第七，希望你学会快乐。芊蔚，成长的路上你肯定会遇上许多不开心的事。同学的讥笑、成绩的平凡、父母的平凡等都会在你成长的心路上留下阴影，让你不开心，觉得生活不是想象中的美好。这时候，一定要学会调节自己，想方设法让自己开心些，这是一种能力。爸爸这方面还做得不够，但爸爸也在努力。记得吗，爸爸每天一回咱们的家，人没有到，就先大声地唱歌，虽然爸爸唱歌不是很好听。第一句话就是问你"今天在幼儿园过得开心吗"，我从不问今天学了什么！爸爸不希望你每天纠缠于本领的增长，只希望你过得开心些。就像你的舅舅和王明阳伯伯——无论遇上怎样的事，每天都是笑呵呵的。用自己的笑容感染自己和身边的人。学会快乐，唱歌只是为了表达，微笑只是为了欢畅。得之所幸，失意泰然，用凡心待凡事，没有谁的人生不遗憾，学会快乐，宽记宽人，不必苛求自己无比优秀，也不必要求别人十全十美，想让每一件事情都按自我设计发展，这无疑是自寻烦恼。要学会用自己的生活方式去寻找快乐——生活，就是生下来，活下去。

三

芊蔚，这封信，是我这半生以来写得最长的信，说了这么多，当然还不止这些，是因为爸爸认为，虽然苦难能磨炼一个人，但爸爸和妈妈还是希望你的人生顺利些——就像那天晚上，我们一家人要出去走走，爸爸开玩笑说："爸爸不去，你和妈妈自己去吧。"可你说不行，因为爸爸是保护我们的。芊蔚，这句话爸爸记住了。是的，爸爸有保护你和妈妈的责任与义务。

你一天天长大，终将有一天，远离我们的视线，会登上了人生这个不知未来的舞台，也肯定会历经风霜雨雪和晴空万里，请记得，无论在什么时候，我们心里都为你长明着一盏青灯，为你照亮着前行的路——也许这灯光很微弱。我们永远是你翅膀下的风，给你方向，给你勇气，给你经验，给你动力。对回忆、对生活、对成长，我们都希望你的飞翔有完美的谢幕……

（写于 2007 年 1 月 2 日）

三

若有所思

何处是长安

——《长安三万里》观后

盛唐是什么样的？一千个人心中有一千个意象。《长安三万里》这部 168 分钟的动画电影，以双线叙事结构，在困守孤城的高适向监军回忆自己与李白的相逢、相知、相惜过程的同时，反映由盛转衰的长安复杂多面的万千气象、文化氛围和文人墨客风采，以及社会背景下的思考与追求——长安早就超越了地域概念，成为最具盛唐文化意象的符号。

长安三万里，步步意难平。在影片中，唐朝标志性场景和诗歌意境细致入微地视觉化、具象化，长安的繁华喧嚣、扬州的温柔秀丽、梁园的静谧祥和、边塞的苍凉辽阔……相信，不少成年人都能与《长安三万里》共情。"长安"代表的是高适、李白、杜甫等诗人心中的"理想之地"，而"三万里"是他们与理想之间的距离。

那时，他们都曾意气风发、指点江山、壮志满怀，但却只能在历史洪流和失落宿命中接受命运的安排。他们的真实和无奈，也是现实中无数个"我们"的映照。

李白称为"谪仙人"，不断出世、入世，却一生怀才不遇，出身商人家庭的他连"行卷"的资格都没有，不惜委身入赘。

孟浩然在船上以"当"字回应的桥段，与名满天下的他形成强烈的对比。作为诗仙的李白是成功的，作为政治家的李白是失败的，大家都认为他参与了"永王之乱"，但"李璘是奉命招募兵马，还是南方四道节度使，怎么可能造反"——人间道是如此的步步惊心、防不胜防。指点江山的理想终于落空，他一次次经历挫折，但依然执着，无论在什么时候，仍然是那个乐观、洒脱的理想主义的"老天真"。相信，李白的牢狱之灾并不仅是身体上的，更是他心理的囚房，透过那扇小小的窗，满头银发的李白终于第一次直面现实——雕刻在黄鹤楼上的诗词无论如何让人赞叹，但乱世的战火，能轻而易举地将它焚烧殆尽，且远不止于黄鹤楼。眼睁睁看着自己下牢，看着黄鹤楼被毁，看着夫人说"我死心了"那远去的背影，看着自己颓唐的一生，李白终于有所醒悟。但即便如此，李白这份谪仙般的理想主义仍然不变——也许，有这样"不完美"经历的李白，才是作为偶像存在的"完美"的李白。

影片的主人公高适，前半生一面躬耕、一面苦读，寄希望于科举改变自己的命运。可惜多次应试落第，40多岁还是一介布衣，奔波于达官贵人的幕府。讨生活的不易，让他无比珍惜每一个机会。但无论什么时候，他始终洋溢着自信："行子对飞蓬，金鞭指铁骢""圣代即今多雨露，暂时分手莫踌躇"。直到47岁时，因缘际会，命运的亮光照进了他的世界。高适兢兢业业，谨小慎微，如履薄冰，从他通过郭子仪搭救李白，就能管窥一斑。盛唐诗人中，高适是最励志的那一位，真正实现了封侯拜将的人生理想——虽然那时已山河破碎、满目疮痍。

时代的洪流里，许多如雷贯耳的诗人不得不与之浮沉，甚至被拍碎在风浪里，让人唏嘘：杜甫年少成名，20岁前，他见过大世面——公孙大娘的剑舞、岐王府上李龟年的歌声、吴道子的真迹。但命运的无常轮转，让他从"会当凌绝顶，一览众山小"的豪情壮志，切换为"万里悲秋常作客，百年多病独登台"的困苦潦倒。他的一生，颠沛流离是标志。影片末了，高适问公公，杜甫还好吗？"他很好。"——但大家都知道，他不好。但在极端恶劣的生存环境下，他用他的笔，记录着那个时代的苦痛，追求着艺术上的自我突破，完成了自我救赎。于个人来说，是不幸；于文学来说，是大幸。

年少成名的王维堪称神童，从小光芒万丈，写得一首好诗，工书善画，音律精通，有过闲云野鹤般的自在，更有任"伪职"的"污点"。一番起落之后，他最终成了"自己都不喜欢的自己"。写下"黄沙百战穿金甲，不破楼兰终不还"等铿锵名句的"七绝圣手"王昌龄，在乱世中，依然像蝼蚁一样被杀于流放途中……大名鼎鼎的"明星"的结局如此凄凉，更何况普罗大众。他们用一生的经历告诉我们：所有遗憾，都是人生常态。所以许多人认为，文学史意义上的盛唐止于杜甫死后，诗人、盛唐与长安，一起凋零，失落在唐诗与历史记忆之中。在乱世的嬗变中，帝王、太子、妃子、辅相、文臣、武将、枭雄、宦官……每个人都深陷于走不出的盛世和自己的困境，每个人都在寻路突围，每个人都付出了代价，但每个人都无法再回到长安。影片的最后，那些流传的诗人和名句不断地闪现，昭示着——诗人虽已逝，但诗魂永流传。

何处是长安？长安，永远矗立在每个人心中。

棋　　局

　　原来住家的楼下是个圆形的下沉式地下商场，中间是块很大的广场，常常吸引了一些人前来休憩。

　　在一盘棋局前，是一个头发花白的老人。偶尔，出于好奇，我会凑前观望。他神情专注地面对一盘棋，目光如炬，我仿佛能听到老人内心回荡着厮杀的咆哮。他的对手是一个40岁左右的中年人。这两代人之间，在一盘棋局上，拼杀着男人的血性、智慧。只要坐在界河的两边，他们立即找到了自己的角色，在时光中对峙，在时光中消耗，在时光中行走，在一局接一局的搏杀中，找回各自的存在。

　　"这是一个晚年失子的老人……"旁人小声地介绍着他。我震惊了，怪不得，每次胜利之后，他脸上永远是平静的沉默。这样的打击对一个老人有多大！意外之后，一股敬佩之心油然而生。

　　他一定哭过，大声悲号过，体验了那种痛不欲生的压抑和绝望。但他努力地克制住了，不仅需要时间，还需要合适的方式。在沉默中忍受悲痛的煎熬，但沉默绝对不是治愈心灵创伤的良药。棋局，对于这个在生活中瞬间失去重心的老人来说，是平息苦痛的药剂。在一枚枚棋子的起落之间，完成了对愁苦的诉说和被亲情意外的割舍。

作为一个移动棋子的人，棋子就是他的语言、他的表达。

一次次路过小广场，只要天气晴好，一群老人来到这里，有的聊天，有的独坐，有的锻炼……他们，曾是一个时代的推动者，虽然时光的魔力吸取了他们的热情和能量，但一张张布满皱纹的脸上，洋溢着一种别样的光华。他们比谁都更明白，也更加懂得生存与珍惜，把他们的故事碎片缝合起来，不敢说可歌可泣，却一定生动鲜活。

阳光下的老人，是那么从容，时光改变了他们，包括心境，在阳光下移动着脚步、身子，也就是移动着自己的影子和愿望。

此时，广场上的灯与楼盘上的夜景灯全部亮起。小花坛里的几棵剑麻，挺举着逼人的生气，广场中央的小喷泉制造出朦胧的一抹江南烟雨图。这些老人同样是一座广场变迁的见证者。一座年轻的广场和一群老者的相遇，是生活的偶然，也是时光与命运交织的瞬间——它是另一种意义上的生命形式。

（原载《晋江经济报》2015年9月25日）

听　雨

终于，一场淋漓冬雨于午后翩然而至——离上次的雨天很久之后。

雨中，忽明忽灭的夜景，剪纸一样贴在窗外，周围温馨的灯火如琥珀，此时的心情，如同被雨浣洗过了，白日行走的尘埃，起伏不定的心事，都像手中老家武夷岩茶一样，沉淀下来，檀香色的温情，可触可感。日渐干涸的心池渐渐漾起涟漪。

窗外的雨淅淅沥沥，读高二的女儿小声地背诵"君不见，高堂明镜悲白发，朝如青丝暮成雪"。蓦地，蒋捷的《虞美人·听雨》"少年听雨歌楼上，红烛昏罗帐。壮年听雨客舟中，江阔云低、断雁叫西风。而今听雨僧庐下，鬓已星星也。悲欢离合总无情，一任阶前、点滴到天明"在头脑里闪现，也许，是因为有这样的雨、这样的夜吧。

相信，许多人和我一样静静地感受着这个夜晚，甘苦人生，浸在夜色里，难以言表。该去的去了，该留的留下了，只有夜雨中，才能如此深切地感受到韶华的流逝和豪情的消磨。

"谁翻乐府凄凉曲？风也萧萧，雨也萧萧，瘦尽灯花一宵。

不知何事萦怀抱？醒也无聊，醉也无聊，梦也何曾到谢桥。"
思乡的念头，在凄迷的夜雨里变得如此强烈，许多往事刹那间
回到心头，想起风雨交织下的家，年迈的母亲，经年的老屋，
是否能抵挡得住风雨的侵蚀；想起斜风细雨里守望的家乡伙
伴，是否还像从前一样为生计而四处奔波。一种牵挂，湿淋淋
地挂在空中，到处是细雨中的云，到处是冷风里的泪。

久晴了盼雨，可雨一来便盼晴，猛然觉得，生活不也像一
场雨吗？你曾欣喜地在其间雀跃，你曾痴迷地在其间沉吟——
但更多的时候，你得忍受那些寒冷的潮湿、无奈的寂寞，并且
以晴日的幻想度日。逝去的日子，伸手可掬，每一扬都已是过
去，那些小去的孤帆远影，排天的浪声已溅湿青春的衣衫。

时间让生活在人身上结出百种回味，在滴雨的檐边，我在
窗前让一份熟悉又陌生的感觉，读成一树瘦瘦的向往……

（原载《泉州晚报》2020 年 1 月 19 日）

别 处 向 往

　　喜欢某首歌或某位歌手是一种机缘。对流行音乐而言，也许不需要有多深刻的内容，表达多旷世的情感，只在于他听它的瞬间，刚与某段心事或某个动情点合了拍。正如在这个夜晚我邂逅了许巍漫不经心的声线。

　　"我在遥远的城市，陌生的人群，感觉你遥远的忧伤……"许巍梦游般固执地边走边唱，充满了暗哑的忧伤。于是，在一些心情灰色的夜晚，我跟着他的声音，把曾经美丽的过往紧紧地熨贴在胸口取暖，然后埋葬，或者，在歌声的翅膀上飞翔着、忧伤着、歇息着，再飞翔，不觉间就到了很远的地方，成就了对别处的向往。我的确认为许巍一直试图表达的，是对身边一切淡淡厌倦而又无力自拔时对别处恒久向往。也正因为如此，他才于不露痕迹之间抖出了许多人心底隐秘的沧桑。

　　后来有一天，在半明半暗的 KTV 里，我看见一个人，喝着酒，粗野而旁若无人地唱着《我的秋天》，虽然走调得厉害，但他投入的样子还是让我忍不住看了他一眼，五短身材，其貌不扬，也许因为很少和某个人一起用心地听过、唱过某首歌吧，这样的事情常有发生。奇怪的是，这首歌你多年以后依然喜欢，这个人你多年以后还固执地记得。只是，许巍这位一贯吟唱秋天的歌者，竟唱起了春天，一张名叫《时间·漫步》的碟片带着明显的闲适和柔曼。

仿佛已不是我喜欢的许巍的。我失望，然后释然。青春走远了，我们也许该和许巍一样，怀抱宽容，尝试遗忘。

（原载《泉州青年报》2009 年 8 月 20 日）

狐狸吃不到葡萄以后

狐狸吃不到葡萄，说葡萄是酸的便走了。

——天啊，这是一只多么乏味的狐狸！居然一走了之，真是给丰富多彩的狐狸世界抹黑。在人类口诛笔伐之际，狐狸们更是对家族中这个不长进的败类深恶痛绝，并决心以实际行动来体现狐狸们不屈不挠的奋斗精神，于是，它们演绎出以下故事——

男狐狸回到家，叫过自己的儿子教训道："你要是功课还这么差下去，长大后会像你爸爸这样，连葡萄都吃不到。"

女狐狸则径自找到男朋友："我要你马上去把那些葡萄统统摘回来，如果漏掉一粒，我们的爱情将会迎来一个悲剧性结局。"

小狐狸则跑回去揪住自己的爷爷奶奶、外公外婆以及一切可以揪住的长辈："我要吃葡萄！"如果你不满足它的要求，这将成为它堕落的理由；如果你满足它的要求，又将会成为它更快堕落的原因。

现在来的是两只领导级的狐狸。其中一只狐狸比较蛮横，它一怒之下，叫人把葡萄一把火给烧了，并下发了一个《关于我单位的全体狐狸不得吃葡萄的紧急通知》的文件；另一个比较上进的狐狸则叫秘书起草了一个《关于我单位大力开展抵制葡萄诱惑的成绩汇报》的报告，递交上级。上级接到这个报告，马上组织了各地的狐狸代表召开研讨会，对这一成功经验进行推广普及。不久，那只狐狸便升了官。

一只大款狐狸看了，马上开着奔驰车来到夜总会，向侍者甩出一沓美金，叫它立刻端上一盆进口保鲜的葡萄来，然后和傍着自己的狐狸小姐共享之。大款呗，还用自己亲自去摘？

奸商狐狸敏锐地发现了狐狸国掀起的这股"葡萄热"，于是它赶紧把所有圆形的物体都染成紫色，当上等葡萄发售。至于有没有狐狸会因此一命呜呼，它倒不关心。

换成一只狐狸大明星，比方说是狐狸国的某大腕，它首先把这则寓言故事的作者伊索先生以诽谤罪告上法庭，并要求索赔名誉损失费 1 亿美金。然后去参观水果店，很优雅地盯着货架上的葡萄转上几圈，说："多漂亮的葡萄啊！"

拍电影的狐狸导演则为此向新闻界大发牢骚："我们之所以拍不出好的葡萄，就是因为投资太少。人家外国狐狸拍葡萄，动不动投资上亿元，能比吗？"

出了国的狐狸则写信回来说："外国有的是葡萄，又大又圆，哈哈，吃也吃不完！"当然，这封信写得很短，因为它要省下时间去给外国狐狸洗盘子呢！

最后，最聪明的狐狸回去之后，对吃葡萄的经历一言不发，而是写了一篇《论葡萄的 36 种吃法》，不仅因此捞了一笔稿费，还因此荣升"吃葡萄专家"，评上了葡萄系的教授。

最愚蠢的狐狸回去后居然把经历老老实实地说了出来，它因此被狐狸们嘲笑了整整 1000 年。这嘲笑直到现在还在继续着……

（原载《东南早报》1995 年 2 月 6 日）

《韭花帖》散记

梦中闻到韭花之香，醒来时恰恰有人叩门，童子道："官人，有人送韭花。"

推开窗，圃外几畦韭花亦新绿，就立在案头，试墨、挥毫。

在一帖手札之上，韭花开得如此清秀，字里行间透出绿意，字们一个个显得新鲜可口，能吃的。帖上便下起了一场细雨，是五代十国的古典细雨。新雨的气息、旧墨的气息，一时弥漫在那个醉生梦死的年代。

这个人就是杨凝式。

杨凝式是个很有意思的人，在五代那个动荡的年代里，几朝的皇帝都给他官做。不知是苦于政治动乱的险恶，怕人抓住把柄，或压根就没有把做官当成一回事，他时常给人留下的印象是装疯卖傻、恣意狂逸，人称"杨风子"，"风""疯"相通。除了佯狂放浪于形骸之外，更多的是挥毫题壁，洛阳城里的寺庙墙壁，甚至残垣断壁也不放过，到处都有他洋洋洒洒的字。这是行为艺术。若放到现代在墙上乱涂乱画，警察一准罚款。好在那是个风花雪月的年代，说不定那时执勤的警察也是一个三流写手，看着正乱画的杨风子只会静静地笑。

壁是他最好的天地，以致他留下的墨迹不多，能在丈二大壁题字，谁还想在三寸小笺上写蝇头呢？这种人的书法只能留在风雨里，风雨里的字是与时间同步的，同烟同雨、同泪同血，最后都了无梦痕。

有意思的人自然会写出有意思的帖，譬如这帧《韭花帖》。

在书法史上，这一丛韭花以章法疏朗而开得满书余香，让人合不住。后来米芾也看到了，于是米芾开始发痴。能让米芾看上的人不多，他连上一辈子的颜柳、柳也不感冒，称二人为丑怪恶札之祖。但他对杨凝式倒是罕见的大加赞许，击掌道："如横风斜雨，落纸云烟，淋漓快目……"不吝溢美之词。

这是米芾之言，艺术家一痴，就显出几分可爱了。

韭花因为有杨凝式入帖，似乎更摇曳多姿了。

我父亲在世的时候，每年会种上一小畦，每到韭花时令，与母亲一道择叶、掐花、晾晒，装到罐里，再一层层摊上细盐。一坛这样的韭花能让我们全家吃上个大半年。

只是，这一粒小小的韭花，在杨凝式帖中摇曳的韭花，看似从容，其实，一不小心就能把眼泪辣出来。

（原载《东南早报》1996 年 3 月 18 日）

小店主阿祥

　　居家的楼下有一间小小的食杂店，是很平常的小食杂店，店虽小，可日常的柴米油盐样样不缺，安排得井井有条，大家都叫店老板阿祥，沙县人。40多岁。一听到他的名字，就能想象出他的模样圆脸平头，阔阔的嘴巴，一脸憨厚的笑容，总是和蔼地招呼着顾客，从未见他与人红过脸。居家生活缺少什么，打个电话他就会送货上门，服务到家。一日爱人做菜，发现盐用完了，叫我去买，我不想下五楼，试着小心翼翼地打电话：只需要一包盐，愿不愿送呀？没料到，他爽快答应了，不一会儿，他说送上来了，1元钱。这件事后，我认定阿祥很实在，买他的东西总是不问价，不看斤两，对他充满了信任。

　　同是出门在外，几个同学常来我这凑在一起，炒点小菜喝啤酒。拉拉家常、谈谈工作，不知不觉酒瓶就空了，于是就在电话里大呼小叫："阿祥先生，送箱啤酒上来。"一会儿，他就扛着啤酒上来了。同学就开玩笑："怎么这么客气，来了就好了，还送什么酒呀！"阿祥绽开经典的笑容——呵呵："老婆会骂人的！"我们笑倒！

　　父亲去世那段时间里，一家人做什么事都提不起精神，无心欢聚。每次路过小店，总是毫无表情匆匆而过。一日，阿祥拦住我说："你们家很久没有叫啤酒了。"我看着他，竟然不由自主地把事情的缘由告诉了他。晚上，阿祥突然造访，手里提着一大袋杨梅，心情沉重，轻轻地说："这是老家的杨梅，刚寄来的，新鲜着，尝尝……不要太伤心了！"

阿祥，他用最淳朴的表情和行动安慰着我。那一刻，小店主阿祥给了我最真实的温暖！

（原载《东南早报》1994 年 8 月 17 日）

玉 石 指 环

在事业上，他无疑是成功的，但不知是为什么，他总摸不准婚姻的脉搏似的，时不时总是会让敏感的她不满意。她对他的评价是"木头""没情调"。比如，她出差在外，总是一天几个短信发给他，他却从来不回。他出差在外，她要他发短信给她，他总是觉得，我知道你在那儿就行了，一个大男人，那么琐琐碎碎干什么？什么节日，他既不懂送花，更不会送巧克力，连甜言蜜语都吝啬，她恨不得揪大他的耳朵，让他向猪八戒学习，至少猪八戒还有一点情调。经过她几番苦口婆心的栽培，他总算让自己长了点记性，因为她的生日是过农历的，他要换算成公历才记得住，可是唯一记得送生日蛋糕的那次，他又在蛋糕上多插了一根蜡烛！

她对他越来越绝望，他还始终认为，自己没有错，因为他认为他心里一直都只有太太一个人，又何必在乎形式呢？终于，两个人在一起时，空气都显得那么滞重。于是，两人都开始夜半不回家。喝酒，喝茶。日子一久，他禁不住迷惘起来，谁也没有外遇，为什么会变成这样？这是谁的错？

直到有一天，他到一个做玉石生意的朋友家里坐，无意中，朋友讲起手上那枚玉石扳指的故事：那是他多年前收藏的东西，里面有精美的手工雕刻，很多人都看过，可都有些失望，说那扳指雕工虽然很好，可惜有一小块地方颜色有一片黑灰。于是，他每天有空时，郑重地拿起那只扳指在那块黑灰的地方不停地摩挲，仿佛是爱抚着自己的宠物。4 年过去了，有一天，他突然发现，在那枚扳指黑灰的地方不知什么时候褪去，现出白如凝脂的本色，上面精美的雕刻，更加光彩焕发，成了一枚珍品。可之前，有许多人为什么将美玉当顽石？玉是有灵性的，你只有用心和它交流，才能读懂它，它才会给你回报。

他听了朋友的话，豁然开朗：用心交流，用心接触，用心抚摸，自然会收获生命中的惊喜，又何止是对玉？一如对爱情、对婚姻。

从那次后，他马上开始每年年初就查年历，把她的生日、各种各样的纪念日都标在台历上，在手机上设置了备忘录。记下她喜欢哪个歌星，等他来开演唱会时，突然亮出门票给她一个惊喜，学会夸奖她的每一种装扮、每一次细微的改变。

从此，她不再抱怨，脸上常挂满笑意。

（原载《东南早报》1994 年 10 月 17 日）

墙角的木吉他

终于，有了属于自己的家了。搬家时发现宿舍的墙角躺着一把木吉他，如果不是搬家收拾屋子，我真的记不起它了。它身上蒙着一层厚厚的尘埃，掩盖了它的斑驳，我注视着它，拂动生锈的琴弦，顿时，那曾经单纯的青春时光犹如一首老歌，在记忆的深处开始低吟浅唱……

那阵正是校园民谣风风火火的时候，大概是因为羡慕流浪歌手怀抱吉他的样子吧，我与邱等几个同学一起学起了吉他，并且还幻想着成立一支自己的乐队，然后揣着浪漫浪迹天涯。

每天清晨，当大多数同学还懒洋洋地躲在被窝里的时候，学校的操场角上，我们的吉他声已经飘荡在早晨润湿的空气中了。

经常会有些人围观，其中一个长发的女孩出现的频率最高。她总是默默地伫立，脸上温暖地笑着，目光清澈。每当他与邱相遇时，秀丽的眉宇间就有甜蜜的光彩。而一首首校园民谣也被邱演绎得淋漓尽致。

有时我去得晚了，远远地便看到青翠的大树下，邱与女孩组成一帧极富诗意的画面。我总觉得邱和女孩的目光里蕴含着什么。我期待着一些情节会在未来的日子里发生，可时间流逝，似乎什么也没有发生。问邱，他总神秘地笑笑，闭口不谈。

毕业了，我们开始为工作奔忙。不知为什么，那年秋天的空气里总飘浮着一种说不清道不明的惆怅，憧憬和失落同时占据每颗年轻的心。我从闽北来到了晋江，邱与那女孩在校园里是否演绎过一个爱情童话，成了那个秋天留给我的永远的悬念。

邱现在当上了副镇长，可还单身，出差时来看过我，我问他，他只是笑，那笑容很是耐人寻味，是曾经沧海难为水的无奈，还是那些风花雪月的日子的祭奠？学会了与生活讨价还价之后，我们都与浪漫无缘。

远了，青春岁月以及那些不着边际的梦想；远了，年轻的心还有那些只能用来回忆的流水情节。过去的种种人与事，像我手中这把木吉他一样，被尘封在遥远的从前，当我再想用笨拙的手弹响一个琶音的时候，听到的只是几个喑哑的音符，不成曲调。

此时，窗外氤氲的晚风中，是谁又在断断续续地弹唱起那首老歌……

> 青春的花开花谢让我疲惫却不后悔
>
> 四季的雨飞雪飞让我心醉却不堪憔悴
>
> 轻轻的风轻轻的梦
>
> 轻轻的晨晨昏昏
>
> 淡淡的云淡淡的泪
>
> 淡淡的年年岁岁……

（原载《泉州青年报》2000 年 5 月 16 日）

贫寒的艺术

大年初一，带女儿到敏月公园走走。在门口，看见一老人在炸爆米花，他一手闲适地转着那个火炉上的滚筒，一手拉着风箱——这情景多年不见了，霎时间，关于爆米花的记忆一下涌上了心头。

小时候，在我们眼里爆米花绝对是一种艺术，一种贫寒的年代里含着泪的关于饥饿的艺术。不知道那时为什么总是那么饿。是饿得似乎整个胃都要反卷过来，把整个身体吞进去。尤其是二三月的时候，白天长，我和伙伴玩了一会儿游戏，就往家里跑，一进门就拉住奶奶说："饿！饿！"

这时的奶奶，就会颠着她的三寸金莲，颤巍巍地踩上一条板凳，从高处拎下一个黑乎乎的洋铁箱来，神秘地问："你猜这里面是什么？"我说："肯定是过年没吃完的米糕。"奶奶没说什么，笑着抹抹铁箱上的灰尘，把盖打开。

一股香气扑鼻而来——爆米花。奶奶象征性放上几粒糖，抓一把爆米花，倒上一碗开水，为我泡上一碗。雪白的爆米花漂在冒着热气的水里，满满当当的。这简直就是世界上最美味、最奢侈的食物。我几口就能将它全吞下肚。

在此后的一段时间里，我的心里很踏实，似乎我的胃里有很大的靠山，所以不免时时看那铁箱一眼。在我幼稚的眼中，那是一笔巨大的财富。

转眼又是冬天，我们这些小孩子又开始盼望，盼望大人们闲下来，静下心思，给我们缝一两件新衣；冷风雪雨里，在火盆边给我们讲一两个故事。再有，就是盼望那个每年冬天都会如期出现，走村串户炸爆米花的外乡人。

所以，等打爆米花师傅挑着那独特的工具出现在村口时，我们的欢呼声响成一片，忙将早就准备好的米或玉米提在手上。木柴烧起来了，风箱响起来，炸爆米花的师傅拉开那条长长的布袋，然后坐下来，不慌不忙地添柴，拉风箱，摇那只圆溜溜、黑乎乎的大肚铁鼓。我们几十双眼睛盯着铁鼓转呀转，想到马上可以看到白生生、香喷喷的爆米花，许多小孩的口水流得好长。不久，差不多炸成了，师傅站起来，他会告诉大家要开锅了，往手里喷了点唾沫，他要动手了，我们赶紧用手捂住耳朵，跑得远远的，眼睛又怕错过什么似的，紧紧盯着。只见师傅飞快地将铁鼓的一头一拎，塞进布袋，脚踩住机关，手用力一扳，只听"轰"的一声巨响，掺着一阵白烟，新出炉的爆米花的香味蹿进了大家的鼻子，干瘪的布袋顿时丰满起来，我们就一窝蜂地围过去……"要是这师傅家的孩子多好呀，他们一定是吃爆米花长大的……"我们边吃着，边妒忌着。

这几年，爆米花几乎看不到了。一次暑假回家，无意中说了句：小时候的爆米花真好吃。母亲双手一摊，现在哪里还有这些。可小外甥女却将手中一些彩色的颗粒塞进我手里，说这是爆米花。我吃了一惊，急忙尝了，依然有米的香气——哦，改头换面了。当然，还有以前没有的什么，正如笨拙的红薯被加工成了美容的零食，敦实的南瓜被精制成难认的太阳饼，依然是一种艺术。但不过不再是我们小时候贫寒的艺术了。

（原载《泉州晚报》2007 年 3 月 14 日）

残缺的葡萄

印象中，葡萄与残缺有关。

它，最初只是一截断根，筷子般长短，拇指样粗细，很有规则地横生斜出，根须极少，似乎就是光秃的。房前那时一片空地，邻居建房时留下的残砖破瓦满目狼藉。弟弟说一株葡萄会给门前带来绿荫，我将信将疑，匆忙间拿在手里看了看，更没想到这一拿，竟标志着一个人与一株植物之间交往的开始。

埋在土里没有多久，绿叶便举上来，新枝便抽上来，几个月时间，已是青条纵横，浓荫纷披。从此，南窗之下，便有了一处生命。每年春节过罢，节日的余味还没有完全散尽，门框上的对联仍鲜红鲜红得好看，一方冷土之上的葡萄架就从灰色的冬色里显现出浅浅的绿意，小蛇般的藤条粗看仍然耷拉着、休眠着，往近处站站细瞧，已洋溢着憋不住的春天的力量。很快，一根根藤条就挂出一串串绿叶，蜿蜿蜒蜒，相勾相离，三月灿烂的阳光里，这架葡萄绿得最浓，绿得最鲜亮。夏日，我常常受不了雷雨对葡萄的打击，乌云涌来，电闪雷鸣，倾盆大雨之中，葡萄像一个可怜的农妇，披头散发，衣襟扯裂，呼天抢地地痛哭着，好像很受伤。风雨之后，却发现它并不那么娇嫩，藤条一根也没被折断，就是叶儿也很少被打落。扶起架正之后，一两天之后，即新鲜青翠。看似惨烈，实际是它随弯就势的一项自卫措施。夏季的大部分时间里，葡萄架都是一把稳定的大伞，如火烈日下，它遮起一片荫凉。我每天放学回来，远远地望见绿架青藤，心中先有凉意生出，往架下的石条上一坐，顿时心清体爽。人忙活时，青藤下便作了鸡鸭们的乐园，红公鸡、白番鸭一看没人，就从地里碎步跑来，在细土里打凉窝，有时还顾得上谈情说爱。

这架葡萄表现最浓的诗意是在秋季，秋季又有两个时日最美。一是农历七月初七的晚上，刚看完牛郎织女的传说的我们，便轻手轻脚地来到葡萄架下，凝神屏息，希望能听到牛郎织女的窃窃私语。再一个时日是中秋节的晚上，家人把平日用餐的饭桌搬到架下当作供桌，上面摆上了月饼、黄梨、核桃等三牲五谷，三炷清香，两根红烛，望天上月亮款款走，人间清辉遍地银。最美当是明月透过葡萄架在地上筛落的斑斑丽影，看着静止不动，不消多久，丽影已移步换形。冬季到来，万物萧条，花草归隐，但我的葡萄架因为有筋有骨、有势有形，反倒表现出另一种气象。大枝小枝，没了叶儿，如臂如腿，交错盘绕，其形其势，酷似龙争虎斗。

青藤挂出一串串葡萄果的时候，竟然有些意料之外的感觉。因为在我的印象中，它就是一架青藤，它就是一团蓬勃昂扬的生命，意识深处未曾要它结出果来，但是，面对它一嘟噜一串由青而紫的果实，我立刻就想起这是它生命的原本之义。只是我平日的思维太过抽象了。这使我联想起我曾经浪漫的青春。不知天高地厚、不知山高水低的年龄里，根本就没想过人生的有限和生命的结局，似乎生命一直鲜活，世界永是绿色。那葡萄的果实很响亮地提醒着我，在它的绿架青藤下，我一天天长大，生命之树在新叶催陈叶中进行着亘古不变的演绎。想想年纪渐长，仍两手空空无一建树，这才羡慕地注意起葡萄的果实来。

那葡萄一粒粒地看，个大色鲜，绷着晶晶莹莹的皮儿，很介美女之目，丰硕紧凑，如一堆堆玛瑙。有时候在架下独坐，苦思冥想世间诸般生物的奥秘，十分惊叹葡萄如此这般的生命形式和表现形态。春何以发，秋何以果？果又何以累累美妙如人工刻意雕琢？逢迎有宾客来，必先掼葡萄以炫耀；走亲访友，常提几串葡萄，听到亲友的称赞，一家人满是欢喜，特别是弟弟，脸上的得意总溢于言表。

也许是因为葡萄太显目了，问题随之而来，邻居见我们从葡萄上获得了这么多好处，不知在什么时候也种上了一株葡萄。遗憾的是品种低劣，秧长叶薄，果实小，味道奇酸。错就错在这样对比鲜明的两架葡萄不该长在一起，如果长在远山，说不准会以野味之奇，博人一尝。更严重的还在于两株植物都不甘示弱地蔓延着，没过多久就互相纠缠在一起难分难解了，这就为最终的悲剧埋下的伏笔。邻居下定了根除那架葡萄的决心，我看着他们动刀动剪，长拉短拽，满以为我们的葡萄会从此挣脱纠缠，获得一个更好的空间，谁曾想两架葡萄已经合而为一，利刃之下，劣优并毁。

我们都认定它元气大伤，明年春天再也不会吐绿了。就在人们的唏嘘叹息中，它却又爆出了奇迹，在闽北 11 月的冬寒里，它满身挂出了绿色的小伞，而且还梅开二度，捧出了几串葡萄，像从生命的断绝处闪出的奇异之火。

（原载《泉州晚报》2007 年 6 月 25 日）

纯 情 风 铃

居家的路边新开了一家精品屋，周末路过时，便踱进去东张西望。

"先生，买风铃吗？只剩这一串了，台湾产的。"店主小姐很殷勤地把玻璃盒递给我。

"样式挺好的，不过 30 元……"我若有其事地挑剔着。其实我的钱包里只剩下 10 元了。我觉得有恶作剧般的开心。

这时，旁边又来了个十六七岁的女孩，专心致志地开始挑选圣诞卡和贺年卡，手里已有了五颜六色的好几张，可是继续在一大堆卡片中一张张认认真真地比较着。那神情，似乎此刻世界上没有比这更重要的事了。阳光透过玻璃窗照在她那件鲜黄的马海毛绒衣上，我忽然炫目了，为她的这份青春的色彩与专注。

终于，她满意地抬起头来，发现我正在看她，不好意思地一笑，又转头看橱窗里各种精致的小礼物。

看她在相架和小竹帆船之间举棋不定，我忍不住问："送人吗？"

"是的。"她眼睛盯着那艘小竹帆船。

"是女孩子的话送相架比较好。"

"是，不……可是……"她又冲我低头微微一笑，脸上涌起淡淡的红晕。我忽然想到吉狄马加的那句"羞涩是最动人的纯洁"，我明白了。

我把手里包装精美的风铃递过去。

"风铃，台湾产的，也许送你的朋友很合适。"

她的两眼一下子变得熠熠发光。

"啊，我跑了许多店，就是找不到它。"

想到她还是口语和脑袋不统一的年纪，我不由加了一句："可是要 30 元……"

"我不在乎钱，只要我满意。"

多雷同的一句话，多年前在另一个城市的一家花店里，一个花季男孩对一个花季女孩也是这么说的。是的，那时在他心里，对那位受礼女孩的那份感情似乎神圣得前无古人后无来者似的，尽管后来当他回忆起那近千个智力水平达到人类最低限的日日夜夜，总觉得那只是发生在一个平庸男孩身上同样平庸的故事，是那样的不可思议。他懊悔那时那样幼稚轻信。

有种冲动想提醒眼前的女孩不要太傻，感情上还是淡入淡出的好，不要让感情透支，或者学用大哥哥的口气说："记住一句话，什么都重要，友谊、事业、爱情；什么都不重要，只有自己的，那才是最重要的。"可我终究没说，是因为眼前只是个素昧平生的女孩，还是女孩脸上荡漾着那抹柔和的梦样的光辉呢？我不确定。

成长，往往是一种让人措手不及的事。真的，不知从什么时候起，自己的感情上变得奸商似的"唯利是图"。与人相处，总是淡淡如水，有时甚至还任意让那"水"死去呢！也不知从什么时候起，懒得去记住一些特别的人、特别的时刻、特别的感觉，也懒得在节日送朋友一些别致的小礼物。而年少时那份多愁善感的诗情画意，那样崇拜美、迷信美的热烈情怀，那些可以把小小感触注释得轰轰烈烈地燃烧也不知何时已云淡风轻地成为记忆中的琐碎残片了。

我觉得自己越来越独善其身，自己身上的一切都在不知不觉中淡下去——感觉、情绪、爱情。而面对一切也都是"来也好、不来也好"的无所谓。当然，我感觉良好于自己这份出世入世的成熟的，毕竟不容易啊，从一个什么都惊天动地的男孩到如今深刻体会着平平淡淡的真切的感觉的男人。

可是，26岁的血管流动的，毕竟是青春的血，不沸腾却时时骚动。当我看着女孩小心翼翼地取出那串精致的风铃时，我感到自己心境的苍老。

"叮咛，叮咛……"很清很脆的铃声。恍惚间，多年前过去的一切，都清清楚楚地倒流到我的面前。我竟又发觉这逝去的点点滴滴原来是这样美丽，那些所谓的傻气，不正是激情诚挚纯真的代名词吗？

那女孩用纤细的手指拨动风铃，那铃声那女孩眼中脉脉的柔情，我觉得生命中拥有别人全心全意的付出是何等难得。无论对什么，那份不记防的激情，最该珍惜。生命的成长从某种角度来说是种得不偿失，但它毕竟是一种不可违的规律。

那女孩还醉在她的"风铃梦"里，我轻轻转身离去。原本我想告诉女孩，在那张贺卡上也许可以写上余光中的诗：

　　我的心是高高低低的风铃

　　叮咛叮咛叮咛

　　此起彼落

　　敲扣着一个人的名字

　　可我终于没说，我想那女孩一定有属于她自己最纯的诗与梦，诗句会丢失，梦会褪色，可是一定会有一些特别的感觉会在她的生命中永恒下来。

（原载《星光》2001 年第一、二期合刊）

相忘于江湖

第一次看到这句话的时候，怔了一下，便记住了它。

人心有时太不可靠，曾经像钉子般楔入记忆的许多东西，此去经年，可这些东西像潮水抹过的沙滩，精致的砂器和天边的晚霞一起消失得了无踪迹，忘却也许也是一种福分，没有太多牵挂，就没有了苦痛，人也容易变得快乐些。

年少的时候，事情都往好处想，几个玩伴，一有时间，就形影不离地其他时间便全泡在一起，无论是上学，还是上山砍柴。当然也会有冲突，但转眼就置之脑后，以为就会这么天荒地老地保持下去。不曾去想，生活的许多内容，年少的心是容不下的。

年事渐长，事情常往坏处想，告诉自己，什么都要淡入淡出的好，对什么事都不要抱太大的希望，无论多坏的结果，因为有了事先的心理准备，也就能承受得起。无论老友抑或是新朋，渐渐地两相忘了。

学会上网后，看人来人往，纷乱迷杂，铁打的网络，流水的人群。点击流连中，但还是记住了一些人，确切说记住了一些 ID。记得一句话，有时因为记得了那个人；记得一个人，有时因为记得了一句话。只一句"流光泻地，照见伶仃。正一回梦，一回醒，一回惊……"我便记得一个叫"花未眠"的女子。

这里是个别样的舞台，你是个演员，又是个观众。人说演戏的是疯子，看戏的是傻子，又疯又傻占全了，流露的似乎倒是真性情，也许这个虚幻的世界里，才会有永远脱俗的嫦娥和激情的射月。但又似乎很少人会相信。总是在矛盾之间摇摆。

在网络久了，似乎成了生活中的一部分，习惯每天上自己的那一小片空间走走，有时甚至开始牵挂起来。偶尔没来由地，便生起换个ID重新来过的念头。可最终仍是没换，因为知道，无论换多少个，ID下面的自己是不会变的。想着在网络慢慢老去，也是件愉快的事。看到熟悉的人逐渐没了声息，心中生出些许黯然，可车水马龙后，总会有人一直留下来的吧。

也许有一天，说散就散了，用或淡然或浓烈的告别的手势，渐行渐远，烟水迷离。只是，谁还会记着曾经的你？将一句"与其相濡以沫，不如相忘于江湖"念了又念，想了又想……

（原载《泉州青年报》2007 年 3 月 1 日）

风尘的衣衾

很多事情发生了，又不一般地流去，抓也抓不住，连那偶尔残留的水渍，也被晃眼的阳光一一吸走，在那似有若无的痕迹里，剩下的便是那无可言说的怅然，风依旧在轻轻摇晃着树上的枝叶。

怎么也飞不起忘记的翅膀。

曾经，你站在春天的边缘，心事的消长似乎无关于那些阳光雨露眼前的湖水一波波地鼓动着风势，春意在空气中肆意挥洒着，连呼吸也被到处发酵的绿色俘虏了，几棵水杉树的叶子，斜斜地探入水面，嫩嫩绿绿地正爆着花骨朵，为那时相拥的情侣镶着美丽的画框。

湖本来就很年轻，流萤一样的藻菌在晃动着，看不见有更多的内容。周围的环境有一点儿骚动，春天也许不是用来默读的，你听见一声很沉的叹息在感觉里膨胀，便慢慢地走到湖边，朝向大路。路面已被春雾润湿了，一个胖胖的孩子，正摇摇晃晃地追逐着一个气球，很脆地响着，气球在风中无定向地飘游。突然，气球撞到一摊积水上，沉闷地叫一声，就消失了。小男孩怔住了，似乎无法接受这种事实，旋即哇地大哭起来，掉过头，往妈妈的怀里扑去。

而你的庇所也是家，路上的风很大，将一辆垃圾车的灰尘土扬起，一个红色的塑料袋在空中打滚，你的情绪，仿佛也在空气中而躯壳却笨拙地挪动着，回家的路依然在脚下。外面已经是秋天了，女孩的花季，也不是如歌的草原，也不是花团锦簇的花坛，总是姹紫嫣红，有落叶飘至窗帘，你伏在那儿看窗外的街景，又似乎在等待着什么。时间已经长出青苔。

窗帘成了一道屏障。你仅是睁大眼睛，把愿望托付给幻想，或者让等待变成一门功课？那些如诗如画的缠绵，那些刻骨铭心的浪漫，这些别人的故事，是用来装点淡淡的向往，还是用来装饰南柯一梦？放弃也许能消磨清寡的平淡，而承诺意味着负重累累吗？这样胡思乱想的时候，还是不能远离那种飘忽然含糊的凝视，万千人中，万千个日子里，在惶乱惊喜或者茫然躲闪中，该来的还是来了，要么就待在幕后，让焦灼把孤独撕碎，然后找一个无人的地方去舔痛楚和虚幻；要么闭一只眼睛，放任感觉去证明或者尝试，存在的可能或者价值。

世事总不会让我轻易悲观，除非失去了兴趣。身不由己地，你已经不在舞场里牵拉旋转着，粗俗的音乐与心中的旋律对峙着。你突发奇想，希望目光能拨开眼前的迷乱，希望背上能带来一片温暖，然而舞场里灌满了飞扬奔放的轻佻，呼吸着半梦半醒之间的气息。迷糊、恍惚、沉落本来就是一处必然，还有许多足够的自恃去清醒，还有足够的信心去期待。人人都在一股巨大的惯性的支配下五花八门地旋转着，只待曲终人散，坐在路灯下与星星对话的时候，那唯一真实的感觉，恐怕只剩下那一生之旅中遮掩风尘的衣衾了。

为什么要选择钦定的命运呢？这选择或许带着许多必然中的偶然或者偶然中的必然，假如风把种子吹到海边，那就在田埂边看那堤岸上如荫或盖，日出日落的劳作。

选择从来难分对错，在取舍的那刻间，人不外是一粒种子，或者一缕纤维，未经考证就被织进生活的某一张网。

自我拷问是一种真正的损耗。风从窗户吹了进来，敏感的神经重重叠叠地包裹好，所剩下的就是坐在窗前，等房门打开后，命运的铺排或者是某种奇迹。

书里的荆棘鸟已经不飞了，传说是这么说的："美丽的向往只能寄寓在梦里。"

（原载《泉州青年报》2007 年 5 月 16 日）

唱给汶川的挽歌

汶川的大地震，真实地诠释着死生转折的变幻莫测，须臾之间，将我们这个民族截然分成了两个部分：废墟之下，数万生命，魂归天国；废墟之上，亿万国人，同唱挽歌。家国之殇，由西南开始漫延。我们在千山之外，祭之以虔诚的祈祷——为曾经最鲜活的生命过往，以及他们现今或还在徘徊的魂灵。虽然，十余天来，无数次希望这是一场噩梦，让那些走进幽乡、冰池和火窟的记录都成云烟散尽，可睁眼之后，依旧叹息不断、悲啼不绝。

这是我们国度第一次为遭受自然灾害设立的国殇。是5000 年与 13 亿人的共同的葬礼。无论默哀还是恸哭，无论已逝、将逝还是初临人间的生命，都是这场国殇的主角。我们所要祭奠的，不是有统一标签的"人民""老百姓"，而是那些曾遍尝生活汁味的鲜活个体，他们或为父母夫妻，或为儿女亲友，你们被突降的灾难无情掩埋，连同生活与记忆。你们不该只是统计中的不断延伸的几个"0"。将香火祭献给冰冷的数字是无情的，你们应得人的礼遇。这一刻，我们唱起挽歌，唱响逝者的音容笑貌、功德善行，不为本纪，不为列传。

我们降旗默哀，魂兮归来；

我们遍洒黄花，魂兮归来；

我们点亮夜烛，魂兮归来。

透过岁月，我们看着你们咿呀学语，我们看着你们渐渐成长，我们看着你们奔波忙碌，直到鬓发斑白。一座座小镇、一座座羌寨，虽然不甚富裕，却质朴纯真；虽说卑微，依旧善良。你们乐天知命，却从不轻诉忧伤。你们的生活或许苍白，却用自己的弯腰劳作的姿势，支撑起这个以五谷与伦理为象征的一方水土。你们的一生，大多没有伟绩丰功，一如从历史深处默默走来又默默归去的人。你们的名字或许会被渐渐遗忘，然而，你们在这尘世间走过、哭过、笑过……脚印依旧清晰。

历史上，每一次大震与国殇，都触动着一个民族最隐秘的心灵、最真实的情感。正如唐山大地震，不仅是一个历史瞬间，它也渐渐成为生生大化进程中，我们民族的生生不息的遗传密码之一。

相信，汶川一定也不会例外，泪眼之间，良知复苏；废墟之上，人性挺立。那漫天的哭泣与悲伤，对生命的执着救助，几何级倍数增长的捐款……让我们重新发现人本身，又重新回到人本身。社会原来可以这么温情脉脉——这曾经是我们这个民族最悠久而动人的精神内核。它曾经离开我们太久太久。如果说，我们曾见证了一个时代精神的迷失，那么，在汶川，我们也见证了一个时代精神的回归。我们希望这种回归能够深深地积淀，而为这片土地上的永远矗立的标杆。

此时的汶川，又一场阴雨降临，灰色的天空又添阴郁，愿

你们的魂灵在彼岸找到栖居，然后，庇护我们多难的家园和那
些清澈干净的孩子们。

（原载《泉州青年报》2008 年 5 月 26 日）

少年电影故事

开始喜欢上电影的时候，其实我还看不懂大多数的电影，那些情节曲折的影片，常常让我稀里糊涂，不得要领，但电影总让我滋生很多喜悦和莫名的激动。

那些通俗易懂的战争片，对一个 10 岁的男孩来说，是最适当不过的精神食粮。《小兵张嘎》《铁道游击队》等，真看得我们这群小不点心痒痒的，恨不能早生几十年，也去打鬼子们。

很少有不喜欢看战争片的男孩。我们总是把诸如"鬼子"之类的绰号，封给那些看起来其貌不扬、鬼鬼祟祟的人，而把响当当的"李向阳"之类留给自己使用。

当然，那时，我们看的是露天电影，直到今天我仍然觉得露天电影与我们儿时的天性有种种神秘的联系。

我的老家在武夷山的一个小镇上。当时全镇好像只有一台放映机，尽管它像小媳妇一样，不时整得放映员满头大汗，可大家仍视这如宝贝，呵护有加。我们这些小混混，一听说晚上要放电影，哪怕是放一部老掉牙的影片，我们就像要过年一

样，一个下午就没了魂，太阳还老高，就迫不及待地搬椅扛
凳，乱纷纷地在晒谷坪上占位置，叽叽喳喳，追追打打，好不
热闹。因为晚来的人，只好站在板凳上，努力伸长脖子，或爬
到树上，骑在树枝上。

电影开始了，虽然夜里的山风大，吹皱了银幕，银幕上人
影都歪歪斜斜的，有时讲话声也时有时无。四周立刻安静下
来，大家都看得极为投入，即使谁旁若无人地放几个拖泥带水
的臭屁，也无人掩鼻骂娘。几对初恋和热恋中的男女，在黑暗
中，搞一些可疑的小动作，也无人指指点点。事实上，不少大
哥大姐就是在看露天电影时认识的。所以，自由自在的露天电
影，还给人们带来了自由自在的爱情。

当然，看电影也常会引出很多事端来，打架的事也是常有
的。因为难得放一次电影，村里村外的混混们也要趁放电影的
时候浑水摸鱼，乘机摸漂亮妹子的脸蛋和屁股。有好几次，别
村的小混混到我们村看电影就东摸西捏的，惹得我们村的男人
个个操了家伙打起架来，结果看了一场经典的武打片。

现在想来，那个时候让人怀念的也许不是电影本身，是那
种看电影的心情。

15 岁那年，舅舅带我到镇里的新建电影院看印度的电影
《流浪者》。当我平生第一次小心翼翼地走进电影院，开始竟
有些不是滋味。当灯光一下子全灭了时，我怀疑天花板是否会
塌下来，因为我看不到一颗星星。环顾四周，大家都将身子深
深埋在椅子里，一个个面无表情。曾经看露天电影的那份心
情，荡然无存。

但很快，我就适应了电影院里井井有条的秩序和那秩序里包含的文明。

（原载《星光》2005 年第三期）

河边的行者

有段时间，我天天坚持到学校附近一条小河边晨练。清静的早晨，在两旁绿得赏心悦目的柳树旁晨练，确是件惬意的事。几天下来，我发现有一位约莫 50 岁的女人，每天必在河边练走。

她每天去得比我早，我去的时候，往往可以看到她正在或近或远的某一处吃力地向前挪动。一根拐杖挂在手里，肩一边高一边低，一只脚重一只脚轻，拖拉着，慢慢地却是顽强地向前移动。一看便知是位脑血栓患者在做功能性恢复锻炼。我每次超过她很远时，那拐杖单调而执拗的"咚、咚"声仍在我耳边回响。这位女士很爱换外衣，而且衣服的色彩都很明亮鲜艳，只要老远看见一团绿或一团红在移动，我就知道她已经在走了。

一天早晨，当我超过她时，我忽然觉得有些异样，忍不住放慢脚步回头看了一下，原来她手中的拐杖没有了，她的身体往一边倾斜着，一只胳膊甩动的幅度很大，似乎要借此维持身体的平衡。她走得很吃力、很专注，全然没有注意到我。我看到她额上晶亮的汗珠，在她搽了粉底的脸上，犁出几道小沟。

　　我心一动，注目看时，发觉她描了眉，涂了唇膏。我平日不欣赏女人在脸上涂涂抹抹，尤其是上了年纪的女人。那一刻，面对这位化了妆的女士，我的心里却升起一股钦佩之情。当时我想，化妆对于女人，是不是可以理解为那是她们对生活怀有希望和信心，是一种积极的人生态度的表现呢？特别是像眼前这样一位女人，谁能说她化妆不好看呢？

　　那天是一个春日的早晨，那位女士穿了红色的呢外套。

　　又是一年的春天，远远看着泛绿的柳条时，我想起自己好久不曾到河边去了。那个女人，那个化了妆着亮色的女人还在河边执着地向前走吗？

（原载《泉州晚报》1999 年 4 月 25 日）

记忆或遗忘

峡谷里正建着一条用来发电用的拦水大坝。很少有这么深不可测的峡谷。在这样的背景下，人又怎么不像一群生命卑微的蚂蚁？

干这些活的人群，山南海北地跑，搬来搬去，也就这些人；生老病死、谈婚论嫁，也就是这些人。久了，一个连一个，都可以连上亲戚。

筑的速度极快，每隔几分钟就有一罐好几吨重的水泥用钢缆系着下来，瞬间就浇筑在大坝上。每一次浇筑之后，人们就从一边围上来，用震动棒捣上一阵，然后就立在一边，等着下一罐。

简陋的工棚边，澡堂烧好了热水，食堂里做好了红烧肉，篮球场上的电影也已安排好，就等人们下班了。

快下班的时候，还有一罐水泥。有人就在下面等着。抬一下头，还在天上，再抬一下头，还在天上。人就不抬头了，只低着头等它下来。这时，那水泥罐不知怎么就忽然打开了，几吨水泥从几十米的高处飞流直下，直倾泄在大坝上。掀起的巨大的气浪，将坝上的最后几个人轻若蝴蝶似的吹了下去，瞬间，无影无踪。

那大坝的高度是 70 多米。

夜，哭泣着还是过去了，天蒙蒙亮了，人们默默地上了工地，但是没有一个人干活。所有的机器都停了。

当头的也不吭声。这似乎也成了规矩，他们知道，人们也不过就停这么一天工，也不过会沉默那么几天。

工程竣工的时候，照例会有一个剪彩仪式，然后是好几分钟的沉默，然后是畅快淋漓夹杂着辛酸的大碗大碗的酒和男人难听的哭泣。

死去的人永远地留了下来，活着人又搬向另一个工地。

好些年后，这里成了一座大水电站，离去的人也许会有机会再回来看看，但是已经觉得这里是那么陌生。那些死去的人墓还在，但是，无比荒凉。

弟弟在水电站工作，听他说起这件事，他还说，他一进单位里，某个人对他说，当初选好坝址的同时，还干了一件事，就是选了一个能葬十多个人的墓地。当然，这不是公开的。

（原载《泉州青年报》2001 年 6 月 18 日）

似 水 流 年

一

> 我愿意是礁石
> 只要我的爱人是那青青的溪水
> 能在我的身上欢快地流淌……

暑假的一个下午，我兴致勃勃地把这首诗念给邻居的小妹听。她托着下巴，若有所思。刚结婚的姐姐不屑地用鼻音一哼。我的父母忙着准备晚餐，满屋响着劈劈啪啪的切菜声。

那时我正在读师范三年级，我们班那个剪学生头的女同学在我的眼前飞来飞去，我不知道那算不算初恋，在梦中我们却演出了许许多多惊天动地的爱情故事。这段只有自己知道的恋情一直蕴藏在心中，它经常像盏灯光，温暖我那段灰色的日子。

很多年前，我曾意外地遇见她，她已结婚了，脸上涂满了化妆品，我们一起谈一些老同学的境况。分别的时候，她忽然问我晋江这边走私的电器会不会便宜，能不能捎台 29 寸彩电给她；还有她弟弟也在泉州，问我能不能帮忙找个工作，最好解决户口……

那天，分别之后，我脑中空荡荡的，曾经温暖我多年的心灯熄灭了。许久，起风了，那风似乎从一个极为遥远的地方传来，又静静地传向另一个遥远的地方。

二

那一年的夏天，朦胧诗像现在的港台歌曲一样流行。同宿舍的老邱在床边贴着一首诗：

> 与其做那江边展览千年的岩石，
> 不如伏在爱人的肩头痛哭一夜！

后来，被我们誉为"天才"的老邱又把这两行诗写在教室的黑板上。不久，老邱的肩头便多了一个会流泪的女孩。在老邱挥笔写下这个诗名的时候，她正孤独地读着琼瑶的一个爱情悲剧。

那是一段浪漫日子。每个周末，我们宿舍都能响起欢快的笑声，我们一边嗑着瓜子，一边随着伤感的音乐跳舞，常常会将我们的思绪带到如梦似幻的一种境界中。很多年以后，当我和老邱在电话里谈起这段往事时，彼此都感慨万分。

后来，那个曾伏在他肩头流过泪的女孩在毕业后就嫁了一个大款。

有人说，初恋时代我尚不懂爱情。

而有人说，婚姻是爱情的结束。

爱情究竟是什么，谁又能说清楚呢？

三

总有一天，相信爱情也罢，怀疑爱情也罢，我们中绝大多数人都将走进婚姻的殿堂。当所有的幻想和浪漫都退去之后，当现实生活的沉重不断地榨干我们躯体中的爱情之水后，留给婚姻的还会有什么呢？

一个冰冷的冬日，漂泊的我回到家中。年迈的父母正准备年货，那个曾经听我读诗的小妹早已成家。她正和母亲拉家常，见到我，第一句话就是："怎么还没能把老婆带回来呀？"

晚上，闽北特有的寒风开始呼啸，屋中弥漫一种暖人的温馨。母亲早已习惯了我的漂泊、我的选择，直到临睡前，她才忍不住慢慢地说了一句："其实只要能在一起平平静静地过日子就可以了。"

那天晚上，我做了个梦，梦见许多年之后双鬓发白的我，正坐在火炉边回忆自己平凡的人生，在我对面坐着我的爱人，跳动的火焰使我回忆不起她的容颜，然而，我却能深深地感受到，她一直在深情地凝望着我，和我一起感伤，和我一起欢笑，和我一起等待着即将来临的黎明……

（原载《泉州青年报》2006 年 7 月 5 日）

宰　牛

有个放牛的同伴曾告诉我，牛这动物通人性，晓得人什么时候要杀它。当人把牛的眼睛蒙上时，牛就会流下眼泪。听这番话时，我还是个孩子，直听得泪眼汪汪、心惊肉跳。

我见过一次宰牛。那场景触目惊心，我记了一辈子。

我家的一头牛生了病，肚子胀得圆圆的，请了许多医生都没有治好，于是家里人一起打算把它杀了。村里专门宰牛的人去了外地，几个小青年自告奋勇地动手，他们先把牛的眼睛蒙上，牛仿佛意识到即将发生什么事，拼命摇着头，挣扎着，花了很长时间才把牛拉到空地上。那个领头的小青年似乎没有见过这种场面，这才开始感到害怕，心里发虚，一声不响地蹲下抽烟。一会儿，他用力丢了烟头，猛地站起来，接过大锤，在牛的额前比比画画。我觉得这个动作很奇怪，伸长了脖子看。突然那人后退两步，将铁锤抡圆了，"咚"的一声击中了牛头。

我还没有回过神来，不曾意识到这是宰牛活动的开始，那一瞬间甚至以为是他在和牛恶作剧。"咚"的一下，声音沉闷而且响，像砸在实心的石头上，又被石头反弹，撞得我脑门发麻。那牛却四腿直立，纹丝不动，只仿佛被什么不经意地碰了一下。旁边的人全都侧了目。

宰牛人接着又砸了一下，"咚"！大家跳了起来，可牛仍纹丝不动。

接着又是一连串的锤击声。那个小青年害怕了，丢下铁锤，一溜烟跑了。又换上一个，这个人也大汗如雨。挥动着铁锤敲击着，四周一片寂静，唯有锤击声残忍地重复着，又猛又狠，听得出操作者使出了吃奶的力气。那是我听得最真切的一种声音，毫无表情地向生命撞击，每一下都像提起我的心脏，再重重地夯击下去。那头牛简直不可思议，从第一锤落下，它似乎就被钉在了原地，如一尊雕像。它本来可以发怒，用尖锐的双角去顶翻他们，但是它没有，唯以这种无所谓的姿势抵抗，每次迎击都显示出惊人的骄傲。我从来未曾见过任何包容生命的骨骼可以这样坚韧持久地对抗死亡。

我甚至看见铁锤撞击牛角迸出了火星，我弄不清自己是否已被声音震得眼冒金星。

大约过了半小时，那声音发生了变化，渐渐地变空，似敲打一只木桶，再往后变得很轻，像用一根细棍很小心地敲打一层薄薄的硬壳，声音发颤，隐约可闻生命正在逸出，咝咝作响。最后一个小青年也许是害怕了，动作迟缓下来，终于停下，退后几步。呆呆地看着，没有人再敢上了，他们不知会发生什么样的后果。

这时，远远蹲着看的一个中年人忽然站起来，跑上前去，猛地用双拳朝牛头一击，牛顿时轰然倒地，像一座小山崩塌。那几个小青年这才一屁股坐在地上，我浑身也像散了架，瘫软在地。那中年人捂着脸，大哭起来——后来才知道，这头牛是爸爸从那人手里买来的，他养这头牛养了5年。

这是我所看见的最壮烈的一次动物的死亡，顽强而高贵，我发现它其实折磨了我许多年，使我震惊的不是"咚咚"的锤击声，而是那头牛的无声。

（原载《星光》2008年第一期）

我们时代的"福音书"

我们生活在一个时尚君临一切的时代，不论你热切追逐还是严词拒绝。

从高居排行榜的"四大天王"到姑娘们艳羡的香奈尔时装，到大学生排队考研，直至市井间使用频率很高的某一"切口"……眼下，我们每一个人都时刻承受着时尚的冲击。

时尚的周期越来越短。一个月前不知道李安会遭耻笑，一个月后再谈《卧虎藏龙》已是落伍的表现。时尚有点像一根时时要落下的鞭子，鼓动着人们不断地否定当前的它，追逐将要诞生的它的蛛丝马迹，并紧紧地将它抓在手里如同一根救命用稻草。

面对影响我们整个生活的时尚，社会的态度不外乎三种：激进主义者几乎本能地对它发出了如下的攻讦——一切的时尚都会将真正的文化引进其反面，并加速其死亡。对于拥护者（他们当中的极端分子被称为"发烧友"）而言，时尚被供奉为判断一切事物的价值尺度。对时尚趋之若鹜，对不符合时尚避之唯恐不及是对他们最好的素描。大众则以摇摆不定的立场时而追随它，时而又痛骂它（通常是口袋没钱时）。当然，更常见的情况是：嘴里一边唱着张惠妹为之做广告的百事可乐，一边叼着中华香烟，一边对某部连续剧耿耿于怀，牵肠挂肚……

时尚与文化之间的本质区别不在于它们反映什么内容，而在于它们发生的机制。文化是主体在自觉状态下进行的创造性活动，而时尚则是传播和模仿的对象。时尚最大的特性是：它是机械的，无节制地复制和批量生产的结果。

在当代社会中，纯粹大众自发形成的时尚已日益罕见，越来越多的时尚是商业营销的结果，是商品流通的产物。而且，高效便捷的传播媒介和流通渠道正日益突破国界和疆域。

由此，我们可以清楚地认识到，作为一锅大杂烩的时尚本身无所谓连续性和一贯性，它是一种以实现市场销售价值为终极目标的精致设计。你想当摇滚歌星，你想明确地向主流文化宣布你的不满？那好，一头披肩长发就是入场券。

另一些人无视或否认时尚对社会和人们的巨大影响。在他们看来，承认这一点似乎是内心怯懦的表现，以这种方式对抗时尚"地震"，只能停留在问题的表面。在这个"意义"缺席的时代，一切变得酷似西方人道主义诠释世界的一则隐喻：上帝创造了人，人却以自己的良知和理性杀死了上帝。人在抛弃经典的同时制造了流行，而流行又最终吞噬了人自身。

面对人们自己制造出来而又无法控制的时尚，我们究竟能做什么？我们有能力自觉引导明天的时尚吗？当曾经热闹一时的时尚一个接一个冷却下来以后，谁来仰望灿烂的星空呢？

（原载《泉州晚报》2001 年 3 月 7 日）

作秀的《女贵族》

有人分析说，世界上有这么一条时尚——欧美人看明星或贵族的衣食住行，然后仿效，演成时尚。之后日本人先跟着，港台年轻人紧追而上，最后再登陆内地……

于是，小猫、小狗之类的洋人宠物也慢慢地为女性国人所喜欢，新潮不生孩子的伪处女，会哄着一只忧郁的猫说："宝贝听话，我是你妈！"有一次，在一个私人宠物医院，我看见一个焦躁不安的女"贵族"抱着一只北京狗让医生打针，狗不停地挣扎，这位女人说："别哭，阿姨给你打一针就好了！"那个被称为"阿姨"的女医生显然不高兴，训了女士一句："叫我医生。"

我们还可以经常看到这样一景，清晨或者黄昏，有些女人缓缓地步出高楼，带着猫狗下来大小便，但不知你是否发现，她们大部分人脸上都流露出焦急的神情，因为她们都属于上班族。一面想着上班的事情，心里自然很急；一面想做贵妇人状，步伐要富贵和闲适，否则就像一个拮据的家庭妇女去抢购清仓商品。

本来玩宠物的都是有钱的闲人，或是在回廊里等待爱情的贵族女人，而在我们身边，除了些"长包女"和真正的女大款，拥有这份享受的，能有几个？不要以为穿一件像睡袍似的东西款款下楼，就是贵族格调；不要以为抱一只宠物，露出一个高贵的额头，就有贵族气派。就像另外一种人，不懂音乐却偏偏爱上歌剧院去听钢琴演奏会，结果是花钱去打个瞌睡，或自作聪明地一听到滑音就兴奋地鼓掌……

据说英国女王可以为一条死去的狗，请人写长达四页的吊唁词，而友人去世时，王室可能毫无表示；她们可以几天几夜不睡去研究种马与母马的血统，以求配种时不至于乱伦，但对儿女的婚姻漠不关心……有人也许会说，这英国女王怎么可以这样，但这是发生在英国，自有它的文化背景。没有成为贵族的中国女性，硬要在细枝末节上学着贵族"作秀"，未免贻笑大方。

在影视录像里，看到洋人的草地、豪宅以及悠闲的步伐，有些人真是好向往，于是，一些漂亮女孩想走捷径嫁出去，一步登天，但"天"往往有好几重，只有"望天兴叹"；一些务实的人则默默地打拼，想年纪大的时候，或许可以戴上一顶贵族的假发安度晚年；还有就是这些作秀的女"贵族"，没有贵族的"内容"只有形式上学一点过过瘾，似乎也玩得不亦乐乎。

但毕竟是在作秀，因为无论哪一种超前的消费，最终要面对现实，而现实是无情的。

（原载《泉州晚报》2001 年 7 月 2 日）

当"爱乐"遇上"发烧"

　　假如哪个朋友想编本《当代汉语新词典》，我很愿意来凑份趣儿，劝他千万别忘记列入以下两个词语：一个是"爱乐"，一个是"发烧"。而且，还必须在词条中注明，这两个词语在当代汉语中几乎是同义词，因为所谓"发烧"在这里绝非指生理上的感染的炎症，与英语中的 fever 云云完全不能对译，它只是极言人们酷爱音乐的热烈程度而已。

　　也许好些人早都对此见惯不怪了，但坦率地讲，自打刚听说"发烧"一词还有此可怕的用法以后，我就一直耿耿于怀，觉得它对自己生平这点儿小小的爱好构成了最大的亵渎！我当然并不盲从汉斯立克那洋派的"声无哀乐论"，所以至少总还好意思承认：也许世间再没有别的什么东西会像音乐那样，能使自己的魂灵在充溢着悦乐乃至狂喜，竟至于为它而不觉击节称赏，不知手之舞之，足之蹈之。但即便如此，每当那一串串优雅的乐章于夜静时分在斗室里潺潺流过时，使人的心情疏缓和净化，我还是会快快地念道：绝不可以把自己的这种心旌飘飘形容为"发烧"——此类病态的语汇，只配用来描述迪斯科舞厅里那一片把胸口震得直疼的噪声，以及在这片声浪中的种种狂摇乱摆。

于是，我就老想琢磨清楚：人们空间为什么偏要把这两个本不相干的词汇联系在一起呢？起初，我还以为这种说法，不过证明了文化沙漠中的人是何等的想象贫乏。但后来经细想一番，却发现事实竟恰好相反，从市场营销的经济逻辑考虑，若想臆造出所谓"发烧"以及由此衍生出的"发烧友""发烧音响""发烧音碟"之类的流行语汇，竟还很需要点儿独运的创意呢——作为对于消费主义的有意倡导，它成功地制造出一种新的社会需要，并且明确地告诉消费者，满足此种社会需要的代价是如此高昂，以至于非得有点儿狂热的劲头、不惜牺牲其基本需求才行，想到这一层，我就不能不暗自佩服商人们的精明之处了：他们之所以把"发烧"与"爱乐"强拉到一起，而不是把它跟购置豪华别墅强拉到一起，盖因大凡有能力欣赏的音乐爱好者，往往都是些囊中羞涩的书生，非让其咬紧牙关就榨不出几滴油水。说实在的，就算是还有附庸风雅的暴发户，居然一张嘴就要买 10 万大洋的 CD（而不是来寻觅或者配齐哪种难得的版本），他们也绝不是光顾唱片商店的常客，其原因很简单：尽管这类财主在这里倒是不需心疼便拍得出购物的成本，但我量他们回家后也付不起为之增加文化修养的成本，而只能听到云里雾里去。所以，从生意经上讲，商人们把"发烧"与"爱乐"联系在一起，的确是一种狡狯的推销秘诀，它成功地暗示了消费者，来了就别怕花钱，哪怕这是你下半个月的饭钱。

但无论如何，只要你把这种商品买回来并且听进去，你还是会发现——若从欣赏音乐所必需的美学角度出发，则真正足以形容你对古典艺术之钟爱的，其实，并不是"发烧"，倒宁可是"退烧"，与那种张开饕餮大口不停吞食各种粗滥文化快餐的社会流行病相比，凡是真有本事和耐心聆听古典音乐的人，其口味都是精致甚至挑剔的，在他们身上多少都保留着对商业文化的抗体。大家还是应当看清这样一个严酷的事实：随着生活节奏的不断加速，神经科的医生已惊呼大部分人会遭遇睡眠障碍；因而，在日益过敏的现代感性面前，如果古人存心制作出的冲突竟然比今人刻意寻找的和谐还要和谐，那也不能被说成是仅仅由我们的耳朵弄出的错！我们室外背景声早已变成了各种引擎的永无停止的轰鸣，我们的听觉参照系也早已变成了 OK 伴奏带的千篇一律的喧闹。由此一来，海顿的《G 大调第 94 交响曲》中那个有名的响亮和弦就很难再让我们感到多少"惊愕"了——在指挥家棒流出了贝多芬式的跌宕不平的音符，使我们的脉搏不得不跟着同步加速甚至悸动，激越昂扬的旋律也仍然足以把大家提升到精神层面的挣扎与搏斗中去，并使我们在曲终之后，再略带倦意地体验到宣泄之余的入定心境，宛如天风海涛之后的静静的沙滩……此类乐曲的旨趣与构成，又岂能与从节拍器里那种纯粹的感官刺激同日而语。

诚然，我们会有各种机缘聆听古典音乐。但无论是到音乐

厅去享受现场演奏的效果，还是借收音机来接收定时喂送的
"套餐"，都毕竟会在时间和曲目上受到很大的限制。正因如
此，CD 机确是一项了不起的发明——它大大扩充了书房的容
量，使我们不仅得以坐拥书城，还得以坐拥乐城，只需顺手翻
翻，便可以很便捷地进入"老莫"或"老贝"的音乐世界。

嗟乎哉——"不图为乐之至于斯也"。

面对孔子这般"叹为观止"，想必大家都词穷了，古典音
乐是一种已发展得太自律、太独立的符号系统，它在艺术上的
纯粹性大概只有中国古代书法中的狂草差堪比拟了，所以，就
算此类艺术也总还有某个激发其灵感的由头（如乐谱前标记的
提示或碑刻里抒写的文辞），你不能将其飞扬的风采与神韵再
干瘪地还原成这个由头。于是，你可以把心智潜入音乐结构的
深处来偶思妙得，恰如你可以跟着书法家龙蛇飞舞的笔势而目
眩神摇一般，绝不可能再用日常语言来"翻译"或"图解"出
音乐或线条曾向你展示过的那许多丰富的内容。所以，如果我
们在这方面确定只能"一说就俗"，那么三缄其口是最好的姿
势了。

许多人常常感叹——现代人究竟是变得更勤勉还是更懒散
了呢？没人能真正说得清楚，真正足以鼓励着现代人工作动
机、并从而支撑着现代经济不断创造奇迹的，应该不是满足其
精神企求的形上关怀，而是市场效益。由此导致了：由于花样
无穷翻新的社会需要已把人们的自由支配时间，特别是悠然闲
适的心态消耗殆尽了，由此，我们也许应该承认：我们的精神

劳作已经越来越无法与其物质劳作成正比了。

但我们还应该看到，一方面，由于音乐虽不像影视那样易于替人的心胸"填空"，但毕竟还是要比属于第二信号系统的文字作品更贴近和取悦感官，所以，一些位置产生的错移——以前那些处于文化中心的头顶桂冠的文学和哲学大师们，不得不从社会舞台的聚光灯下退隐，而那些处于文化边缘的所谓的"大家"们，却神气活现地走到了公共沙龙的中心；另一方面，嗅觉敏锐的商人们又太知道怎样来迎合这种的口味了，所以，在他们的推波助澜下，更是有意设计和推广出了这种风尚——对于许多生怕不能把自己照着广告描画入时的现代人来说，这太合适了。于是，几千年来一直以书写文字为主要载体和基本内容的文化传统，很可能会被我们时代的"弄潮儿"们越淘越空，而且倘无尚能附丽于音乐的片言只语作为其遥远的应和，只怕早就被他们淡忘了！

缘此，恰恰是在所谓"高保真"的精致音响声中，历史反而有可能被弄得比在哈哈镜里还要失真：什么高乃伊式的铿锵诗步、莎士比亚式的磅礴才情、什么屠格涅夫式的细腻铺叙、契诃夫式的冷峻笔锋，统统有被现代人当作"马肝"的危险，那些时尚玩家们只图在时尚杂志的诱导下，支起灵敏的耳朵，以便能获得资格去挑选各种音箱的效果、品评所谓大师的演奏，却忘了去领悟一个浅显的道理——其实只有从小饱受古典语言滋养的人，才会"信口信腕"地在线谱上画下那些飞翔的音符，所以，往日的夜莺也不是光靠歌唱就能生活的，他们的文化成就并非只体现在那几圈飘散在空气中的声波里。

当然，事情并非仅有消极的一面，在那种当真憋着"发烧"的劲头去"爱乐"的流行时尚中，的确存在着一种非常商业化的危险，甚至那些大批量生产出来的 CD，也很可能会被糟蹋得就像早已流于程式的维也纳新年音乐会一样，但平心而论，在这股新潮之中，似乎也发现了某些似乎可以帮助我们对抗和医治世俗化的积极苗头，这倒不是学海德格尔"哪里有危险，哪里就有救"的舌。我的希望是：要是连偷卖盗版碟片的小贩们都能拿得准古典音乐受普遍的欢迎，那么还有谁会怀疑，至少在一个向度上，现代人还会对他们所身处的环境持相当的保留吗？说到底，此间真正构成极大反讽效果的，还不光是当现代人聆听古典音乐进的心驰神往与自叹弗如（那是任何一位古董商人都可以具备的怀旧），而更在于：听惯了陪伴着电视里俗语村话的人们，还能感受到古人所倾吐出的敦厚而不愚、真诚而华彩、澄澈而幽远的心曲，才更符合自己内在的灵性！所以，透过"古典音乐爱好者为数日多"这一现象，我们也许还有理由相信，现代人精神家园，至少还没有像平常其他方面表现出的那般严重，因为至少还知道：尽管自己可以制造出"翩美""健伍""山水"等音响来，却再也写不出《命运》或《悲怆》中的哪怕是一小节来，尽管当代的乐师可以把肖邦等的作品弹奏得比作曲家本人还要精致准确；尽管这个物化的市场从不吝惜向科技专家拨款施恩……更重要的是，尽管他们早就享受着红尘中的诱惑，却忍不住要潜入古典美的幻境中去一睹李斯特的风采——这又是人们"现代性"毛病的外在表现了。

无论如何，我们毕竟还是不无惊喜地发现了，正当古代的造像艺术早已被闭锁在博物馆的防盗铁窗之后，古代的语言艺术更是被高束进图书馆而乏人问津之时，却居然只有古典音乐才借助现代传播手段向我们显示出：历史的河流并没有完全干涸，它仍在属于我们自己的时空区内流淌着和充溢着——其实，人类的根基更多地扎根在古代艺术中，当然，还不敢说：单靠这些已经融入我们日常生活的美妙音符，就足以触动现代人目前正执迷于其中的某些偏离的价值信条。

但每当想到子孙后代们差不多肯定还会跟我们一样因这种古代生活世界的流风余韵而其乐融融时，我们应还是找到了某些值得聊以自慰的理由。既然古代文化纵然命若游丝，却犹能一脉相承，那么我们就有理由相信：虽说人性可能暂时因外在的环境而迷失，其创造潜能也可能暂时被压制，但人类自身大概还不至于"变种"到哪里吧？更令人感兴趣的是，既然一听到莫扎特式的旋律，人们便能够这样不拘男女老幼、尊卑贵贱、种族肤色地"还原"出一个更加本真也更加平齐的"自我"，这就明确昭示出：在这个到处布满鸿沟的分裂世界上，其实人类始终还具有一种更高和更深的话语，它不仅仅意味着彼此支配的权力，而更意味着相互沟通的桥梁！

从来以为，在人类生生大化的进程中，内在基因的漂浮从来都只是常数，而只有外在的环境迁移才称得上是变数；因而，尽管像贝多芬、舒曼等天才是伟大的，但比这些作曲家更伟大的，无疑还是数养育他们的那一方水土。只要我们在精心守望精神家园的同时，还没有放弃对一种健康氛围的不懈，那我们就还有权放纵一下想象——总有一天，还会在斗转星移的天穹之上，发现亮度足与康德和莫扎特相匹敌的恒星……

　　唯一不敢想象的事情是：不是老之将至的吾侪，还能有幸聆听那种仍将属于全人类之文明进程的崭新乐章吗？

（原载《泉州晚报》2015 年 7 月 15 日）

轮 回 不 破

——《绣春刀 2》观后

　　阿修罗在佛教中是六道之一，是欲界天的大力神或是半神半人的大力神。阿修罗易怒好斗，骁勇善战，是佛教护法神天龙八部之一。直译为"非天"，意思是"果报"似天而非天之义，也就是相对于"天人（即天众、提婆）"的存在。"为阿修罗者，观天道无伦，当破天。战则生，不战则灭；或于炼狱化为灰烬，或焚炼狱而为修罗重生。此乃宿命，纵然万千轮回，永远不破"——氤氲于电影始终的肃杀、阴冷、悲凉、凌厉、宿命，又一次诠释：人在乱世，都是拴在一根绳上的木偶，摆在一盘棋上的棋子。没有人可以快意恩仇，没有人可以逃脱宿命。

　　电影的开头萨尔浒惨烈的大战之后，"几万人的命，像割草一样，说没就没了"，陆文昭一句"要想不这么死，就换个活法"，他想改变，想活着更好——在那样的时代、那样的战场里。修罗战场亦从表面转向看不到的地方，他们以为远离，然而被时代的漩涡越卷越深。

　　在陆文昭的心中，不让阉党在自己头上作威作福，帮助信王夺得帝位，命运就会改变。所以对着魏忠贤忍辱负重、奴颜婢膝，还是牺牲掉北斋、沈炼等人，都指向自己心中以为正确的"道"。他自以为朱由检不会杀他，以为可以改变宿命，可结果依旧凄凉，一如草芥——甚至临终前都没有勇气摸一下始终与他共进退的师妹的脸，被一拥而上的锦衣卫——他曾经的同事和下属，无情反复践踏。

而沈炼，他的名字中，水与火本不相容，他是一个游走于江湖和体制之间的人，他是接受了修罗场的人。无论何时，从没有刻意去换个活法，在锦衣卫里规规矩矩当差，规规矩矩做事——他早知道，自己不过是个普通人。他喜欢收藏北斋的画作，净海和尚以为他是喜欢公鸡，但他是喜欢蝈蝈。因为他知道，自己是那只蝈蝈——虽然，公鸡虎视眈眈的笼罩之下，蝈蝈没有退缩，仍然想对抗。但都和他对北斋的情感一样，深深掩埋，甚至在终极大战入狱之后，朱由检让他继续当差——连百户都没有位子了，他也坦然接受。这自知毫无轻重的割裂的性格，应该是最撑起绣春刀系列的核心之一。"生在这世道，当真没得选，可若是，活着只为了活着，这样的活法我绝不能忍受。"——他还有其他选择吗？

陆文昭和沈炼，他们骨子里依然是讲规矩的，内敛的，无限忍耐与妥协，永远小心翼翼，也贴近在现实的普通人——有心去挣脱束缚，但更多的有心无力，半途而废。

而裴纶，从一开始让下属的舌头当墨水的霸道到最后的仗义相助，抽烟、美食，角色印象反转之余，不难看得出他在体制之内游刃有余之外，心里坚守的仍然是义薄云天。他是外放的，活得至少比沈炼轻松。

　　有资格登上舞台，改变世界的人，只有朱由校、魏忠贤和朱由检。至于魏忠贤身边的许显纯、朱由检身边的陆文昭，都只能站在舞台边缘，以为自己能登上舞台。"螳螂捕蝉，麻雀在后"，魏忠贤以为自己是那只最后的黄雀，但他不曾想到的是，在他的背后，还有一条更厉害的蛇在紧盯着他。陆文昭、北斋、魏忠贤、朱由校都是朱由检的棋子，朱由检用他那堪称演帝级的出色演技，改变了让沈炼等人迷茫无奈的时代。可之后呢，更无奈的时代还在后头——景山上自缢的朱由检，是否知道，他亦是命运的棋子。

　　在这阴鸷的，无法挣脱和选择的灰色江湖里，这两种不同类型的人殊途同归，映照那一缕追逐自由的亮光——终极大战中，陆文昭向死而生，裴纶以一当十，沈炼砍断吊桥，北斋不可思议地回眸泣立，这些身在修罗场中的棋子们，每一个都站起来了，轰轰烈烈地绽放了一回，虽死未悔。

　　在大量灰暗、压抑的叙事画面里，难得有一段明丽的画面：一叶扁舟，沈炼和北斋两人飘荡在烟波浩渺的水墨意境般湖面上，但，这依然是惊鸿一瞥，飞鱼服很沉、绣春刀太重，亦注定他们结局必然是——萍水相逢，漂泊擦肩……

一 声 叹 息

——《墨攻》观后

在这个物化的时代，思想家似乎永远没有排名榜上富豪能吸引人的眼球，更何况是几千年前的思想家，作为"三教九流"中的一流，对墨子印象似乎停留在一篇写他与公输般在楚王面前模拟攻守城池，从而阻止了一场战争的故事的古文上。

一个叫革离的墨者，来到一个兵力四千、孤立无援、动荡不安的梁城帮助守城。面对赵国十万精锐之师，战与不战？梁城犹豫徘徊——是的，对于每个老百姓来说，田赋交给谁都一样。

战争被历史拉开帷幕，攻与防、火与水、哭声与杀声、箭镞的飞行与死者的安静、胜利的欢笑与平民的无辜、战争与爱情、忠诚与背叛、独裁与良知交融汇合。当梁城将军杀尽投降敌军时，人性底线没能接受仇恨考验——就像墨者说：战争瞬息之间，不是你杀我，就是我杀你，当你有了足够时间去思考，却仍要杀戮，就是犯罪！

因为墨者的智慧与神勇，敌军退却，而胜利的梁城开始过河拆桥，为了自己的政权，不惜对其他思想意识赶尽杀绝——杀死、囚禁受过墨都影响的人，包括曾经帮助他渡过生死关的人，一如子团，一如逸悦。女将军在刑场说："你就是为了能愚弄你的百姓，维护你的政权。"直言真理者必当直面残酷——割喉喋声，五马分尸，连用声音表达的权利也被剥夺——虽然她是忠良之后，虽然她曾战功赫赫。

诚如梁王所说，墨家终将绝迹，因为他们提倡非攻与兼爱，不知玩弄权术对国家的政权没有好处，只是战争的工具。电影里，苦行僧般的墨者，睡马厩，穿破衣，像个基督，他确实是梁城的基督，眉头似乎永远紧锁，以信仰唤醒力量。而梁王，则是个彻头彻尾的政治流氓，从开始的议和投降到放权让墨者指挥战斗到最后的赶尽杀绝，甚至能自然地匍匐在征服者脚下——说是墨者的煽动——翻手为云、覆手为雨的政治人物的经典面孔。

战争故事依然离不开爱情，而且是没有杂质的。当墨者拒绝情窦初开女将军爱的表达，选择单独远走天涯，信仰于是超越了情欲。当墨者在地牢的水里抱着死去的逸悦，伤心欲绝，人性的光芒终于超越理性。张之亮导演没有让逸悦在墨者怀里再醒来，说出动人的情话，然后携手并肩天涯。爱情跟战争相遇，牺牲多是爱情，让凋零面对盛开，无言的牺牲才显得震撼，似乎胜过章子怡在情人怀中的一次又一次醒来。恰似自古多少冤魂，就这样静静地睡在冰冷的历史中，默默无言。

火熄灭了，城破败了，血流干了，爱人死去了，平民斩首了，愚昧湮灭了，血性消亡了，希望缥缈了，只有权术与狡诈、只有贪婪与愚民还在继续。能射出致命之箭的战士们脱去战袍、扔下箭弩，在屏幕的黑暗里渐行渐远，无所不能的智者只能永远浪迹天涯，不知所终。电影真的结局是什么？似乎永远成了谜。

虽然到最后，我都没能弄明白"非攻"与"兼爱"是什么，也许墨者自己也不明白——明白是痛苦的。为了保护一部分生命，却杀害了更多的生命；想爱全天下的人，却没能得到属于自己的那份爱。

但《墨攻》让我们看到，描写中国古代的故事也能如此雄性，而不像《夜宴》《十面埋伏》中永远的温耳软语。如此深刻地楔入人性深处。相信，在导演张之亮的心中这不是一场简单的战争。这是一场思想与独权、良知与权术的争斗，古往今来，失败的，永远是前者，因为前者有许多顾忌，而后者永远没有底线。一个没有底线的人一定卑鄙到极致，而卑鄙到极致的人，却常常在左右我们的生活——这并非危言耸听。它是带着残酷理想的现实。

此时，一句话自然地涌上脑海：高尚是高尚者的墓志铭，卑鄙是卑鄙者的通行证。不过我们能做些什么呢？——似乎没有比一声叹息更好的表情了。

（原载《星光》2002 年第一期）

一个关于生存与毁灭的终极寓言
——《猩球崛起 3》：《终极之战》观后

从第一部开始追，最后一部送走了恺撒，三年的期待后，终于，带着一种仪式感观看《猩球崛起》终章第三章——《终极之战》。

作为完结篇，相比较前两部，影片刻意将猿类更加人性化，将猿类的力量削弱，从第一、第二部的刀枪难入到第四部的一箭毙命。恺撒认为：猿类应该是一条心、一家人，而最终才发现，其实和人类一样，也存在着背叛、怀疑等人类有的所有缺点。甚至因为害怕死亡而向人类妥协，出卖同类，残杀同类。猿类的叛徒驴子看着自己的同类被人类屠杀，幡然悔悟，在最后一刻救了恺撒，最终被人类杀死。特别是恺撒，相比较前两部中战神一般的存在，在第三部中他发现自己的妻儿被射杀时候的震惊、愤怒、悲伤，被复仇迷失方向——"我觉得自己也像科巴了"，最后恺撒终于意识到自己跟科巴并不一样，看着感染了病毒的上校，他最终选择了原谅，给了上校最后的尊严，那一刻，他超越自我。这一切应该都是将猿类和人类更加平等地安排，寓意在这样一个平行的设计中，谁能生存，谁将毁灭？

　　恺撒本心是向善、非抗争的——无论是贯穿三部中的那句"猿类不能自相残杀",还是第一部中照顾恺撒的科学家威尔,第二部中主张和平共存的水坝工程领导人,第三部"只要把花果山留给我们,我们就停止战争"。但残酷的事实,每次总让他的幻想抵达破灭的边缘。恺撒的救赎则来自人类小姑娘诺娃,因为病毒传播而失去了语言能力,不知道自己是猿类还是人类,她为猿类在她的鬓角插上花枝而露出纯真的微笑,她为营救猿类而出力,也为猿类的死亡而哭泣,这种无语的心灵交流更有灵犀。她代表着"异族能相知相惜、互相尊重"的情感延续——给予所有生命和乐共处的希望。有情有义的猿族本身就提供了一个镜像,让人类可以好好地反观自己——射死恺撒的箭,来自被它释放的士兵。

　　本以为,这部终极之战的战争场面可能让人印象深刻,但在影片中,战争和冲突的规模都很小,决战也仿佛是两个原始部落间的恩怨纷争。也许正是因为这样,影片才更有一种文明启蒙,宇宙混沌般的原始之感。文明于蒙昧中诞生,洪荒在混沌中开辟,从衰弱到复兴,兴亡交替,人类的没落是突如其来,但猿类之火却也没有立刻燎原。

　　影片似乎要诠释人类文明灭绝,猿类文明崛起:一场人类与猿类的战争在紧要关头被人类与人类的战争冲击,演变成人与人的战争,最后上校的军队大败。而人类胜利的一方也被雪崩全部掩埋,因上树本能而活下来的只剩下猿类。但从另一个意义上说,在这场关系人类与猿类生存还是毁灭的终极战中——自然才是唯一的决定者。

《猩球崛起》三部曲是恺撒从出生到死亡的际遇，分别以
"寻找""独立""自由"为核心。这场终极之战，是偶然，也
是必然，隐喻着地球一次生灵的交替——人类无时无刻在为
自己种下恶果，如果有一天在自然的安排下，地球上有另一种
物种的文明可以超越人类，那它们会以一种怎样的方式与人类
共存呢？

民 国 挽 歌

——《一代宗师》观后

八年的期待，王家卫的《一代宗师》上映。在他的镜头下，我们看到了那个民国乱世。《何日君再来》里邓丽君那绵柔缠绵、圆润婉约的声音仿佛隔了一个世纪从胶片机里氤氲而来，管弦或感伤或欢快的节奏，一下就把人带进了民国时代。

《一代宗师》不仅仅是一部关于叶问的故事，而是对民国时代风起云涌卧虎藏龙的武林的一次别样的记录，最重要的角色不是叶问，不是宫二，而是民国。从某种意义上说《一代宗师》其实就是一部《民国往事》。

印象中，王家卫很少拍夫妇的，拍的都是个体的悲欢，然而，在《一代宗师》中，叶问与张永成的感情却拍得很特别。无论是张永成为叶问擦身，还是叶问带她去堂子看戏，夫妇之间都一派端庄，从来都没有暧昧的影子，让人看到了夫妇之间的法相庄严。金楼的姑娘轻蔑地瞥了张永成一眼，似乎在质疑这位"良家女子"跑到堂子里来做什么。张永成脸上微露不安，叶问只是轻轻握住张永成的手，人却依然在专注地看戏，张永成马上从紧张中解脱了，挺直腰杆，安详自在又得意——

尘世中夫妻之间那默契入骨的相濡以沫。

在叶问 40 岁之前，人与人之间的关系都是如此，个个都庄重自己，也庄重他人，用情至深又含而不露。那个时候，堂子不是风流场所，而是英雄地。堂子里的姑娘，也个个仪态端庄。风尘之中却不乏性情中人。金楼比武的一段，三位前辈为叶问指路这一段，将南方武林中人的豪放与血性表现出来了。宫羽田用自己作为台阶，换来新人的上位，又何尝不是如此。

那是纯粹而干净的关系，王家卫在《一代宗师》的首映式上也提及过，他拍这部电影就是为了展现中国人曾经那么美过。这也是为什么王家卫会在《一代宗师》中拍那么多照片的缘故，叶问生孩子，拍合影。叶问与宫羽田较量，拍合影。这样拍了四五次合影后，到了最后，叶问脱下长袍，换上西服，很不习惯地拍了一张大头照。想必是通过照片定格那一份心中曾经美好的时光。

《一代宗师》又唱响了一群被那个时代所淘汰之人的挽歌。影片有一个不起眼的人物，——为宫二赶车，始终不离不弃的老姜。老姜的职业以前是刽子手，民国之后这一职业消失了，如果不是当家的收留了他，他每天只能与收拾猪下水为伴。老姜就是时代的缩影。正因为这个人物身上有寄托了很多想法，所以才会在这部极精简的电影中，让老姜唠叨了那么多。

在时代的变迁里，刽子手这个职业被淘汰掉了，枪取代了刽子手的大刀。而叶问、宫二、一线天等，这些武术大家何尝又不是如此呢？枪同样取代了拳脚功夫——拳脚是快不过子弹的。"刀的真意在藏，不在杀。"一代宗师处境尴尬，一线天开理发店，宫二开诊所，叶问开武馆，都和老姜收拾猪下水区别不大——无论如何努力，他们也不可能回到那时代了。

看到时代对这群宗师进逼的姿势，就不难理解，为什么宫羽田那么着急，想要炉子里出一根新柴。也不难理解，为什么宫羽田那么着急，要破除门户之见，让北拳南传，后来还想让南拳北传。

只是，即便如叶问，如李小龙，把武术传到了整个世界，"念念之下"，整个世界都是一遍各种各样"回响"。大时代的更替，"叶底藏花一度，梦里踏雪几回"，在宿命、疏离、孤独、忘却、拒绝、恐惧等诸多无常里，种种美好的定然逝去，任何人已经无力回天。

无 处 安 放

——《东邪西毒》观后

那几年，有几个朋友曾问我，你的微信名为什么一直叫"时间的灰烬"，我说这是《东邪西毒》在西方上映时的译名。"你还喜欢看武侠片呀!"——我不置可否。这部电影，我看过许多遍，《东邪西毒》不算传统意义上的武侠片——虽然其中有着江湖恩怨，武功侠骨，但披武侠的外衣下，实质上演绎的是人与人之间对情感沟通的渴望和对于远比这种渴望更为强烈的、无法沟通的无奈，以及香港在回归前夕，一些港人心灵深处无处安放的不确定感。

影片开头就说：佛典有云，旌未动，风也未吹，是人的心在动。然后，欧阳峰以"百年孤独"式的经典旁白引出。"很多年以后，我有一个绰号叫作西毒，任何人都可以变得狠毒，只要你尝试过什么叫嫉妒。我不会介意其他人怎么看我，我只不过不想别人比我活得更开心。"这是欧阳峰内心的真实挣扎与孤独。他其实是个有爱却又得不到爱的人。他的家乡白驼山有他心爱的女人，但是因为他的固执，她最终成了他的大嫂。她在临死之前请黄药师带一坛"醉生梦死"给他。"醉生梦死"其实就是时间，可以将一切都变成灰烬的时间。不过欧阳峰他做不到忘记，他不像黄药师，他做到了，忘记了很多令人烦恼的事情，却将更多痛苦留给了别人，所以说，善于忘记的人是自私的，而自私的人却是最快乐的人。因为自私，他可以不必去计较别人的感受，可以只在意自己的感受。

人的烦恼有时来自记得太多。欧阳峰如此，慕容嫣又何尝不是呢？她是一个爱到极限却又得不到爱人的痛苦女人。她为了黄药师的一句戏言，变得发狂起来。他只是轻抚了她的脸，她就以为他会爱她一生一世。她知道他爱的其实另有其人时，彻底崩溃了。她分裂为两种性格的两个人，如同鸟笼里的那只鸟，始终想飞也逃离不出笼子本身。她恨自己的痴心，恨自己无法狠心。因为她只有两个选择，要么杀死心爱的男人，要么杀死自己。但是，这两件事她都做不到，她只好出钱请欧阳峰帮她杀死黄药师或者自己。她却又错了，她请错了人。因为，自称为他人解除烦恼的欧阳峰自己就是一个为情所困的人，他才是一直在情感的旋涡里打转，不惜流放自己，却依然找不到出口的人。所以，他根本帮不了她。他们其实是一样的笼子里的鸟，只是，他表面上比她坚强而已。慕容嫣最后撕心裂肺的喊声证明了她的深爱和疼痛，她太过渴求一句承诺，蹉跎了一生——"如果，有一天我忍不住问你，你最爱的女人是不是我？你一定要骗我。就算你心里多不情愿，也不要告诉我你最爱的人不是我。"自古多情空遗恨，有情反被无情伤。慕容嫣无疑是世间痴情女子的写照，也是爱到绝望和卑微的极致。她真的做得到遗忘吗？没办法——多年以后，她仍然对着自己在水中的倒影练剑，走不出自己，走不出他。

影片以欧阳峰为中心，黄药师为发展线索，采用非线性的时间错乱法记叙。影片中的旁白建立了一种暧昧的不确定性。是站在将来看现在，时间成了诠释的线索，用将来时代表现在，阐述了欧阳峰为什么叫"西毒"，因为嫉妒。西毒劝说客人杀人，都采用带背拍摄方式。由独白变为对白，突出西毒的表里不一。他深爱着的女人，他却不能对她说。他冰冷的外表里面那颗炽热的心，一直被大漠的烈日下蒸腾着。他选择大漠为了忘记，却又不想忘记，所以他没有喝"醉生梦死"。最后，他知道，那是她跟他开的玩笑："当你不能再拥有的时候，你唯一可以做的，就是令自己不要忘记"。这是欧阳峰最后得出的一句告诉自己，也是告诉所有在情感上受过伤的人，能做到不忘记何尝不是一件好事？黄药师爱得没有欧阳峰彻底，也没有慕容嫣爱得疯狂，也没有盲剑客爱得痛苦，没有洪七爱得直接。他是一个彻头彻尾的失败者。他的爱是胆小的，是眼睁睁地看着心爱的女人痛苦而死，是忘记一切，但又忘不掉的虚幻。

这部电影在西方上映的叫作《时间的灰烬》，这说明，时间在这部电影中的作用。时间是使人忘掉痛苦的很好的手段，所有的痛苦都会在时间的消逝当中逐渐消逝。这部电影里的人物，除了洪七一个人，都是生活在记忆当中的，就是逃不出记忆的牢笼，像黄药师、欧阳峰这些人都是被记忆所困的，那么记忆就是时间的这条锁链。如何摆脱记忆，摆脱这个时间的锁链，洪七提供了一种生活，就是生活在时间的横切面上，即让过去的时间成为灰烬。

　　影片表现出一种悬置变幻的时间观，追溯的线索虽然有着不断出现的节气来定义，反复用皇历解说事宜："驿马动，火逼金行，大利西方""室空当值，大利北方""尤忌七数，是以命终""初十日，立秋，晴，凉风至，宜出行访友，忌新船下水""夫妻工，太阳化极，婚姻有实无名"……这么准确，是否是一种宿命的昭示呢？影片罗列出人的各种受伤的方式，现代文明到来后，人成为物质的奴隶，情义被淡忘，沟通的缺失，心灵的沦陷，感情变得极不确定，又极其复杂。而从一而终的古典情义被遗忘后，让许多人受了伤，他们渴望情感又害怕受伤。在物质面前，感情基础不牢靠了，终于出现了感情的沙漠，叠加香港即将回归带来的不确定感，更造就了一些人的精神荒原。

　　电影的直观性，让我们可以清晰地把握那些微缩到屏幕上的悲欢离合，抓住包裹着层层情感外衣的特殊物件以及符号，映射我们自己。某种意义上说，"东邪西毒"是每个人的心灵沙漠，我们每个人都能轻易地找到属于自己的角色。时间也许对于每个人来说都是公平的，一切都过去之后，剩下的除了灰烬还有什么呢？岁月尽头，风吹起的都是时间的灰烬。

　　电影是模仿，生活才是原创。杜琪峰曾说过："如果说王家卫只拍了一部电影的话，那应该是《东邪西毒》……"

迷失在寻找里

——《阿飞正传》观后

这是一个关于弃婴的故事，"抛弃""爱""我是谁"是电影的三大主题。电影里出现的所有主要人物，甚至包括刘德华饰演的警察，像阿飞本身。张曼玉饰演的苏丽珍和刘德华饰演的警察是全剧唯一两个有社会身份、有正式工作的人，他们两个属于离现实社会最近的阿飞，至少有脚，且不论脚好不好。所以这部电影叫《阿飞正传》，剧中没有一个人叫阿飞，但每个人又是阿飞。

旭仔住在印度佬的房子的一个房间里，他的朋友歪仔来找他，习惯爬下水管道上楼而不走正门，这个隐喻很有意思。旭仔去菲律宾找妈妈，亲妈连面都不肯见，这是多么的令人绝望和愤怒，甚至撕裂和毁灭。旭仔养母说旭仔一直在自己骗自己，被抛弃的孩子一辈子都想要被母亲看到、接纳、认同，那个洞是怎么填也填不满的，旭仔养母其实是看到了他的，所以他临死前想要去美国，那里的养母至少还能给他一个目光，那个目光是他一直渴望的，只不过他渴望目光的来源是亲妈。养母在两人分别的时候，给了旭仔一份情感，其实如果旭仔能够去到美国重建跟养母的关系，那可以是他的一个起点，可以是他落地的地方。

　　旭仔从小没有得到过母爱，养母只是把他当作生活来源的工具，他既不懂得爱也不懂得爱情。所以他和两个女人的爱情注定会失败。苏丽珍像是旭仔的亲妈，咪咪像是旭仔的养母。旭仔的父亲在电影里没有出现，从苏丽珍和旭仔的关系看，旭仔的父亲应该是一个不被规则所接受的人，所以当苏丽珍表达想结婚的时候，旭仔是无法接受的，他的父亲和母亲在一起生下了他并抛弃了他，他背负的是来自父母的沉重。苏丽珍的家在澳门，家境并不是很好，她性格温柔，内在也有跟旭仔相似的部分——渴望家庭和温暖，她就算和旭仔在一起也没有能力分担旭仔的沉重。刘德华饰演的警察比起旭仔明显不那么沉重，他可以分担苏丽珍的忧愁，可惜苏丽珍错过了。咪咪自己也是一个没有社会身份的人，跟旭仔的养母很像，她不可能跟旭仔在一起，旭仔自己很明白这一点，但他无法主动直接跟咪咪谈分手，因为他是被抛弃的孩子，分手即抛弃，对他来说不愿意去面对。其实这也是他的一个机会，直面被抛弃的历史，承认自己的来源，可惜他错过了。他和养母的关系在遇见这两个女人的时候，正是敌对紧张的时候。养母其实也害怕分离，害怕旭仔离开他，一开始是因为旭仔的存在是她的经济来源，后来，旭仔看到养母被男人欺负暴打了那个男人，这个行为寄托了旭仔对母亲的渴望，养母渐渐承认她对旭仔的情感，旭仔才是那个真正爱护他的人。可惜，养母自己也没有身份，也是一只无足鸟，白白浪费了那么多年跟旭仔的相处。养母去美国，只不过是另一次飞行。养母告诉旭仔他生母的信息，算是放手，不再利用旭仔。这也是旭仔跟养母修复关系的一次机会，可惜再次被旭仔错过。

电影里三个女人都是来拯救旭仔的天使，都被旭仔错过，这就是原始创伤或者说初级创伤对一个人命运的影响。旭仔身上背负的，不仅是亲生父母的沉重，还有养母的沉重。

生下来就被抛弃的孩子，从小没有母爱的孩子，是不知道我是谁的。生而为人最大的悲哀，就是不知道我是谁。旭仔临死之前，刘德华饰演的警察已经转行成为海员，陪在他身边。无足鸟在海上飞，一个海员为它送葬，这个隐喻也很有意思。刘德华饰演的角色，因为母亲的原因留在香港做警察，母亲死后，转行做自己想做的海员，意味着自我放逐，自己去流浪，过一种漂泊的生活，偶尔靠岸。是不是和现在的香港和香港人也挺像的？刘德华饰演的海员内心，在那一刻跟旭仔一样迷茫、空荡荡。旭仔最后一句话记挂着苏丽珍，海员说，我也不知道还会不会见到她，见面她一定不记得我。所以，从很深的内在来说，海员、苏丽珍、旭仔都在同一个地方，不同的是，旭仔以死亡的方式解脱了。

旭仔是被追杀的，可是，他的死又好像是必然。他的生母是有身份有地位的人，父亲从未出现，他生下来就被抛弃，好像在这个世界上他是个多余的人，生母每个月寄生活费养活旭仔和养母，以此赎罪，养母寄生在旭仔的身世秘密上，当养母告诉旭仔他不是她亲生的，等于让旭仔暴露在再次被抛弃的危险中，激活了旭仔的死亡恐惧，他开始自暴自弃不务正业放纵沉沦。到菲律宾寻找生母，想见生母一面，无非是旭仔的一个梦、一个执念，以对抗他内心被抛弃的痛苦，那是他的救命稻草。被生母拒绝见面以后，旭仔的护照和钱丢失，象征着他彻底绝望一无所有。旭仔把自己活成了秘密本身，一旦这个秘密不再是秘密，他也就不再存在于这个世界上，就像伸手不见五指的黑夜，一旦太阳升起来，黑夜也就消失了。

《阿飞正传》是一群人的故事。其实每个人的心中都有一个"阿飞"，我们追寻自由，抛弃失落，最终只能在命运里找到自己。剧中的阿飞敏感、自私，他不在乎别人的感情，正如他所说："他这一生不知道还要爱多少个女人。"他说自己是一只无根鸟，只能一直飞呀飞，落地的那天就是死亡。尽管身处黑暗，没有庇护，没有双翼，但他还是随着歌声舞蹈，在满是荆棘的丛林里停靠下落，迎接最后的命运。

抛弃与挽留，纠缠与报复，追求与失落，忘记与铭记，逃离与回归……每一个人都在努力寻找，却都又在寻找里迷失，迷失在时代的湾流里……

藏在时代里的秘密

——《花样年华》观后

香港电影有一种另类，这种另类叫王家卫。爱情电影有一种另类，这种另类叫《花样年华》。

周慕云与苏丽珍的感情自然是电影的主线，这部电影关于婚外情，关于暧昧，关于秘密。但《花样年华》之所以经典，不只是因为梁朝伟与张曼玉，更因为电影里除了人之外，场景、灯光、道具、配乐等，几乎每一样都成了表达的介质。这也不只是一部爱情电影，更是一部时代的电影。

王家卫关于近代的电影很有年代感，他在选景布景上的别出心裁。镜头里的每一样道具，服装、食物、书、灯、墙等，无不和镜头里的张曼玉一样，散发出一种味道，20世纪60年代的味道。张曼玉的旗袍是影片的焦点之一——23套，她穿得美轮美奂是其次，更主要是她的每一套旗袍就像代表着故事的每一个小节，而且旗袍是20世纪60年代的代表元素，是那个时代的特质，张曼玉把那个时代的感觉演绎了。但旗袍代表的是束缚，每一套精致旗袍在展示优雅的同时，又隐喻着孤独与禁锢。这应该也是王家卫所想要表达的，更深层次的东西——描述香港某个时期人们的生活状况和态度。

而片名除了表面上是说主人公的那一段美好年华，剧中周旋的一曲温婉感伤的《花样年华》点题，说的还是香港那一段花样年华般的时代。

开头周慕云与苏丽珍搬家的情节，除了是让两人第一次相遇，还体现出了那个年代人们经常做的事，搬家。故事开始于1962年，这是个"大跃进"、大动荡时期，许多人不得已来到了香港讨生活。来自各地的人也渐渐在融合，就像周慕云与苏丽珍所租的房子里，包租婆说着上海话，左邻右舍也经常一起吃饭，互相帮助，其乐融融。等到故事结束，物是人非，这一段花样年华也变成了尤为珍贵的记忆。

故事讲得如此隐晦，可能很多人也对电影的主题感到困惑。表面上，电影说的是中年人的爱情；更深一层的，是对过去时代的缅怀；更核心的是——秘密。《花样年华》之所以不用旁白或者台词去讲清楚，是因为电影的内容本身就是一个"秘密"。王家卫用了悬疑的方式去拍爱情片，你甚至可以把《花样年华》当成悬疑片来看。演员的神情肢体只是众多隐喻的其中一种，能够表现出时代感的道具，其实也带有隐喻暗示的功能。可以说，这一次电影是用道具来代替了碎碎念的旁白。

时钟、戒指、领带、手提包、绣花鞋等，每一个微小的细节都对剧情有所暗示。不能用台词说出来，就像片中人物的感情纠葛一样。或许这是有深层的用意，用几个故意挡住人物周边事物的镜头，来对应"秘密"这个主题。就像剧情一样，会引发人们的想象。周慕云来到了柬埔寨的吴哥窟，没有一句台词，但是特写了一个小树洞，就能明白他是来掩埋心中的秘密的。

谁的心里都有秘密，谁的心里都有一段花样年华般的往事。但是，电影最后的一段话提醒了我们，岁月会像积着灰尘的玻璃一样，隔在我们和往事的中间。如果能打破，我们就早已经回到了那个花样年华般的时代。只可惜，我们谁都打不破，回不去。

"如果有一张船票，你，会不会跟我走？"——没有人会回答，没有人能回答。

一掬心香

耕　　海

一

你伸出的手掌拍打着千年沉默的岸，此时，你是我驿动的思绪。你揉搓着往昔的时光，太阳陨落了，云霞也随着滑下桅杆。

一轮孤月，孑然地立在海滩。

目光翻滚，浮标似的预示着你的到来。

在你的黑礁石破壳顶发芽长出椰林时，你该蔓延成无际的水域，像洗去拾贝者的足迹一般，荡出我此刻痛苦的记忆。

你呼吸的腥咸之风抚过我的肩头，这就是我的山峦为何终年一枯不萎的缘由。

以一个男人的造型矗立在你仰躺的身边，企求、祈祷、祝福。

那从浪尖上冉冉升起的星辰，已高举着远古的渔火，点燃你神圣的歌谣。那蜷缩在峡谷乱石间的幽灵缓缓吐出鱼群的语言，乱窜在你的心腔，你的眼里，网一般的脉络将你的秘密遍撒、繁衍。

二

仁立你的岸边，我抑制住心中卷起的狂涛，沉默只为礁石。

我是你永远不启航的船。

帆凋落如秋叶，鸥翅先我而去。

你的孤岛，炊烟袅袅扬起风信旗，号角吹出蠕动的潮汐，如唇，如梦。

吻湿我咸咸的涩涩的梦境。闪烁的空贝壳是寒冷的文字。

借着夕照，你的窗口挂出一帧剪影，你泛起的红潮掩盖不住一颗浪击的心，那星群石榴般开放你的黄昏。

你穿梭如鱼，从传说中游出，又游进神话里。海滨的槟榔树已占领了夏季，而放过了你。

你的自由是海的自由。

你的神秘是海的神秘，

让我窥视也让我猜疑。

那已经伸延的海岸无法收回，索性藏匿起另一半。

另一半就是你的目光。

在如歌的海风中橹声渐近，薄暮升挂，夜启程驰向黎明。

我的千古礁石已将你最后一瞥，用相思描成一轮弯月，你的侧影。

三

孤帆悄悄起犁过海的寂寞。

孤帆呵，我的翅膀，我羽化的不凋不谢不消不逝的情感，载我一颗心。

升起又滑落。

就像海浪抛出又收回的红日，闪耀和暗淡都在同一个穹窿之下。

海风呼吸在我的肺腑，湿润而苦涩之墨在每一块沙滩上书写：辽阔，辽阔。

我出门注定流浪。

穿过你长长的海峡就是浩渺的水域，你划出的航线喧闹后开始沉寂。有声音响在天空，那是雷霆。有螺号在鸥鸟的飞翔中撞击着波峰浪谷。

我过去的日子已凝结为褐黑的礁丛，丑陋但坚硬，遍体伤痕记录着我艰难的历程。

帆滑落又升起，都是为着寻找那物潜流在大海的路，曲曲弯弯通向彼岸。

漂泊的岛，是你张开的手臂、袒露着胸怀的陆地。

在你挣脱束缚起锚远航的黎明。

鸟，失去了温暖的巢。

你的果实在口里孕育成珠，吐出白昼之后忧郁为空贝壳。一艘船颠簸着滑过起起伏伏的海面。

涛声从海螺的鼻孔里喷出。

四

潮汐，在眼眶里循环着干干湿湿。

睫毛在苦水中疯长为椰林，礁石在一夜间站成寓言流传千年。

落叶的季节，月圆得伤心。

我纵然伸出航线如网，怎能网住茫然的足迹在天涯海角。

台风，翻阅厂史，一只海鸥轻轻省略过去。

你踩着浪尖走进我的心里，耕耘不息。

（原载《泉州青年报》2001 年 1 月 15 日）

在水一方

一

留下柔软的羽毛，曾经扑向春天的大雁，又在秋天的冷漠里寻找新的温暖去了，往事之水已不多的沼泽里，芦苇们在寒风中瑟瑟歌唱，几颗伤口般的星星，转眼取代了晚霞的淡红。

淡月迷茫着稀疏的树影，绿色仿佛一瞬间就走向苍老，落叶纷纷飘散的信笺里，昔日的梦幻，因经不起岁月的沉重显得薄而透明。

祈望在一块洒满阳光的土坡上，栽种所有的纯情，憧憬用一间质朴的小屋容纳所有找不到家的灯笼，但光阴走过但不肯回头发生在春天的无奈，留下的疼痛似乎终生也说不清楚。

故乡的冬天已经来了，落雪时分，孤寂的芦苇旁已没有了大雁的行踪。

二

走在通往冬天深处的小路上，心总是难以超越北方的怀想，而在夏天，你的名字，叫阳光。

稳坐在内视的寂静中，看紊乱的欲念之外，有一朵红荷吐艳，缭绕的云雾漫过来，在水一方的船，因冰的阻碍失去了双桨。

丽影凝霜，雪橇帝流逝着松林的绿浪，有一种牵扯来自悠远，悟透前生时才明白站焉的泥土，可以成为阻挡风景的墙，也可以成为容纳花木的山岗。

无序的宿命蜿蜒在不太被注意的手掌无缘而缘的草地上，一只迷途的羔羊，绒毛上卷曲着丝丝缕缕的忧伤。

三

有一种温情难以随体内流动的血，汇入冻层下并没有响动的水声。

悠悠晚钟，雄鸡唱起慵懒的黎明，雪融为水的那个午后，一只小小的手，于视线以外，开启尘封已久而久之窗户，檐滴晶莹地下落时，有喜鹊飞起，而梅花在角落，一味羞涩地泛红。

天上挂着一怕冷的星星，彩笔绘虚空，谁曾在面壁十年的参悟里，把纷杂的世界看懂，早晨的寒气过于凝重，谁煎熬着寻寻觅觅的凄凉，捧一杯淡酒石酸，品味着百感交集的人生。

一片飞絮可能引起灵魂的颤动，经历了种种的磨砺，冷漠的生命依旧难以逃避坏诸多无法承受之轻。

四

意绪飘零，感触袭来时，音乐以外的天空，在空旷中显得愈以深邃和安详。超脱了现实现时特别轻松，忧喜无常的空录中，撑得鼓鼓胀胀的肚子，其实什么也没装。

脚下踩着路，人与人影子总能成双，不过是今生对前世的补偿，虽然沧海又变为良田，可古时候的月亮，依然在星夜里散发着现代的光芒。

颠三倒四地打量着世界，自得的野草转瞬即逝，挣脱黎明的缠绵后，喷薄而出的太阳，注定要灿烂在所有的山峰之上。

（原载《泉州青年报》2001 年 10 月 15 日）

四

崇 武 古 城

烽燧飘逝……

你静卧成一叠传奇，自岁月之河升起，叙说远古留存的语言。

宵柝嘶鸣奔突于断壁。有血光在砖石上燃灼。

青铜之韵未断，千年悲鸣的蹄声骤然掀动了壮怀激烈的历史箴言。

胄甲凝霜的将军可在？城堞兀立，神情凝重得残照爬不过垛口；

戈戟栖星的兵卒何归？筘笛犹闻，朔风掠过颓垣绽满了悲怆……

铠光、鼓声、呐喊……

都落在了哪一层烟尘？

可见疲马上那位莽汉瞳孔里掠过的淡淡的忧伤？

唯有杂树乱草于荒墟中摇响蔽日旌幡的幻影。

城垣。遐思在远去的悲壮里。

那些衡量人类自由长短的铁镣，熔进沸腾的热血，挥写出一部厚重的历史。

风弦不断……

流岚不断……

而今，阳光铄铄，再也弹不响那伤痕累累的砖墙。

古城的头颅，因多年的积淀而变得夕阳一样沉重而鲜活
了……

（原载《泉州青年报》2002 年 4 月 2 日）

小 风 疏 雨

一

独对这样的日子和时刻，只需泡一杯老家的岩茶，平静地坐在窗前，看窗外或远或近的风景；远景迷迷蒙蒙，一脉脉山岭都是小雨打湿的诗行；远处有雾遮遮掩掩，若明若暗；雾中的叶片被微风细雨浣洗得油绿。亮亮的叶片似风中摇曳的一树树灯盏，照亮过去的灰色注视，沮丧的心被叶片荡得晶莹、碧绿⋯⋯

黑夜漫过去，一处处亮起来的窗口都是暖暖的炭火。独坐窗前握一杯茶，听小雨轻敲屋顶，似一首抒情慢板，装满往事的心起起伏伏。小风漫舒长长的盈袖，将夜舞得清纯，舒卷的透明；雨软软的足，柔嫩的手，轻轻地拂醒紧掩的房门。

檐下的鸟语落下来，暖暖的一地呢喃。心开遍了清香的野百合，脸上流淌热热的两行⋯⋯

小风疏雨，弹奏一个宽大的背景。

二

总怀念故乡的风。

故乡的风像一段新织的丝绸，缭绕着村庄，铺满了田野，轻拂灶烟写意着天空。乡下的风，把翻旧的日子又镀上贞洁的光辉；风涌动着千年不谢的憧憬，梳理着潮起潮落的愿望，点落了匝满皱纹的岁月。

故乡的风，来自季节的顶端，犹如一条玉带，将天空、山脉、村庄、田野、舒卷得宁静而安详。故乡的风又是不灭的灯盏，将播在时间隧道的目光越牵越长。

风呵，吹落了旧日子，沿着来路，荡尽尘埃，洗净了村庄；在五谷成熟之上，弹唱更高的梦想。

从天而颂，故乡的风。

是否只有故乡的风，才这么清纯得让人揪心疼痛……

（原载《泉州青年报》2002 年 4 月 2 日）

民 乐 七 章

春江花月夜

悠扬的晚钟，隐约的暮鼓，将一片喧嚣碎裂成为一种极致的静谧。

无限的夕阳，流溢成无边的春水，滋润着归林之鸟，摇荡之柳，抑扬之风。

刹那间，月色和波光同时灌满了琵琶音。

水与天汇聚于弦上，构成最纯粹的色彩，此时，有棹声自这片景致中愉悦而来，唯有失眠的花朵，情醉在这悠然的渔歌之中。

春天的情韵，涨满江河，潮声涌过我们的心境，浩浩荡荡，踏向连绵的芳草，延宕至梦幻般的天边。

诗词味极浓的虫声，温馨着宁静之夜。

忽然，胡滴滴箫声，自月色中浮出来，洒满了寂夜中的庭院，渐渐地，典雅成一段最富含蕴的时光，侍奉着一个民族永远的情怀。

塞上曲

命若琴弦。

任凉秋自弦中瑟瑟而过，任冷月于弦上寂然漂泊。

此时，大漠的激情，隐伏在音乐的最深处。

而千里黄沙，毕竟截不断万里魂归路。

雁声时断时续。

有一缕故国的阳光，斜照着这位东汉女子那片难以料理的心情。

神游故国，万千山水，便在生命中错落成充满音乐韵味的景致。骤然间，塞外风光，升腾为身后的烟尘。

出塞是一种使命；归去则是埋在血液中的一种呼唤。

大漠之风，将这位纤弱的女子，凝为胡桃树上最灿烂的果实。

这枚果实高悬于枝头上，使世界的喧嚣突然趋于宁静。

听　松

松子滚落于磐石之上，犹如自岁月的纵深处传来的蹄声。

坚韧的松之根，正默默地爬出山脉的心脏。握一方厚土，拥一方坚壁。

在挥舞中展示潇洒的针叶，闪烁着墨绿的锋芒，凛凛然，挑动着律动的雷霆，抖着粗犷的山风。

摊开手掌，任太阳温暖于其上，

敞开胸怀，任星月灿烂于其中。

呼啸的松涛，澎湃着铺向遥远，于是，天空辽远如歌，大地纵横如诗。

最强大的风暴在松之豪迈，这深邃，这旷达，浓酽的绿云，渐渐地，弥漫在我们生命之中。

含风雨，纳雪霜，蕴英华，方可绿得苍茫，绿得凝重，方可在灾难靠近的时候，傲然打开狂放的灵魂之门。

梅花三弄

雪地宁静，柔情软语凝冻成了晶莹的冰凌。七朵精致的梅花在心上沁人的芬芳，使所有的听者，都静处于一种如禅的境界。

扦插一份想象，并潜心体会一些平凡细微的美，几剪寒风，留下了叙别之后的思念和怀想。那绰约娉婷的身影，也渐渐地消散为淡淡的雾霭。

雾霭中，永远有一点落红在静静地等待。

——等待驿外的人迹步进一方山水，与烟墨相融。

——等待唇边的叮咛挤满七根琴弦，与梅花三弄。

而乡愁与恋情都渐入清风冷月的深处，让屋檐下悬坠的风铃，惊落一冬纯洁的思念。

斜对天籁。梅走一出这茕茕的雪野。

我也深深地体会到生存的某种艰难与不易，那么，轻颤那十根遥远的手指吧，让这支古曲，随我们的心跳一起永存……

雨打芭蕉

从一滴雨开始，芭蕉就选择了一种被敲的方式，接近共同的温柔。

深入春天的道路，淅沥的战栗坚守着一生的凤缘。孑然而立的芭蕉，会以一叶一叶的青翠，迎着春雨的滋润和问候。

思念滴落下来。

碧叶的感触日渐加深了，我想我该从一滴雨中洗亮奢华的梦，并让无怨的执着，缀远去的背影，换感伤的心事。

流泪或者歌唱。薄薄的温暖起彼此的倾听和心跳之上，而真正让人震悟，却是那种默契留下的温柔和思考呀！

雨不再晶莹剔透，芭蕉把最美的年华，陶醉在敲与被敲之中。

但我也将临窗守望，让那些泪珠和汗水，把人间苦难和忧郁、擦亮……

寒鸦戏水

用手遮住眼皮以上的天空，闪烁的星星已不再遥远。而真实的心要贴近经年的命运，唯一的办法，请在黑暗中，坚守着渐起的古筝。

灵魂之鸦拢翅而下。

于是，那水流过岁月的江心，开始在我的耳膜中，不断退却，又不断涌来。

我单薄的身躯震撼了！

促膝的倾诉也被蓄谋已久的嬉戏带走了，一半。但是，我无意深深地访问屐痕的秋凉，因为栖居在寒冷的背后，苦难和爱情，将是在劫难逃的一对孪生兄弟。

其实，鸦与水的融洽并不是单纯的物象。它们缘于人世间永久的连理和亲近的知心。它使相信这一河水沧浪之水，会载沉载浮眷属千年缱绻的深情。

鸦不会因寒舍我而去，水不会因戏弃鸦而行，我也不会因为水，忘却在黑暗中，守候那一声生死相依的鸦鸣……

高山流水

仰望，是无从感知的高度。

古水凝固，难有寒风，在依稀的呼唤声中渐渐温暖，背景天高地阔，清角吹寒，我嗒嗒的马蹄穿透了秋风，纷洒成朵朵血红的梅花，绵延向你。

一种情绪摇曳如鲜花

一种期待泛滥如阳光

知己，已泪流满面。

我见前面的山，前面的山上有一棵傲然的树，如我，却总离得很远。

此刻，胸口疼痛，这不是缘起一种声音，氤氲云烟背后，有一双穿过黑暗的温暖的手，一对鲜花般的明眸，一条平平仄仄的河流。

缘水而上，荆棘密布，知己，我甚至失去了唯一的马，只能用诗作缆绳，风雨中向你泅溯，颠簸在回声的漩涡里，知己，九百九十九条路，我是否选中了一条。

悬崖突兀，我只能看见无数的水纹漾开，被流光拉直，垂直如琴弦，如天梯。

知己，此处是高山高处不胜寒，

弦断，恰如那锦瑟年华成绝响。

心灵的歌声遍山流泻，俯视红尘，马蹄声袅袅不散。

（原载《泉州青年报》2004 年 6 月 5 日）

潇 雨 淅 淅

——致 屈 原

一

潇雨淅淅，峨冠何用？头顶是横飞的风刀霜剑，博带再长也束不住满腔忧愤。

你摘幽兰以为佩，沿岸寻找骐骥的踪迹，然而，唯有惠芷芬芳黄昏的孤寂，哀鸿声声，自泥泞的阡陌传来……

长太息以掩涕兮，哀民生之多艰。

你看清了混浊，而举世混浊就要围裹你成睁眼的盲人。

背对谗言，你扼腕立于一块岩石之上。

四顾苍茫，衣衫遂漫飞成国殇的旌幡……

二

是谁，在漩涡之中用尽浸透血丝的噪音，向着长天与大地提出质疑？

是谁，在昏暗之中饱啜历史混浊的泥流，在落日的余晖中审视着船的起伏？

三

　　飘荡在江南水草上的诗行，被送到所有的河流的源头，每个句子，都成为击痛人们灵魂的钟声。

　　那年的蒲草，那年的楚辞，深深地扎根在端午的感叹里……

（原载《泉州青年报》2005 年 4 月 18 日）

三

小桥　流水　人家

小　桥

就这么寥寥几笔，剪影般伸接过来。

在脚步的断裂处，小桥拼接成道路，一座小桥支撑了一条道路，一座小桥就是一条道路，脚步在其上美妙舞蹈。

岁月在其上步履蹒跚，年复一年，日复一日，小桥沉默不语。

渴望是一种对话，我在无风无月的夜晚，聆听一种心声，小桥从裂谷处延伸过来，衔接灵魂的畅通。

有谁能明白这种无言的重负。真正读懂小桥的，早已泪迹斑斑，深入心灵。

小桥，小桥，这弯弯的小桥，这瘦瘦的小桥让人想起父辈日渐伛偻的脊梁。这把岁月铸就的弓，又把岁月的箭放飞，一支支击碎苦难。

以小桥的名义存活的是一种神圣的名词，爱和奉献，都是苦难的船楫。让我在此岸和彼岸都思考用什么方式向你致敬。

流　水

从半坡氏的鱼纹盆边滑过，

从殷商的青铜酒具倾下，

从伯牙的琴弦走来，

从东晋名士的指缝间漏出……

我看见流水从高山走来，音乐潺潺，覆盖了思想的容颜。

淙淙而来，濯我红缨的流水让我头戴生辉。

滔滔而来，洗我泥污的流水，让我步履焕彩。

天下三分，二分尘土，一分流水，土地做了雄性的骨骼，流水淌成了母性的精血，一方水土养一方人。

不管是水做的江南，还是冰凝的北国，流水无处不在，滋润了土地，丰富了牧草，苗壮了庄稼，喂养了村庄。

这同阳光一样沐浴了无数人的流水，让我们明亮的眼睛更加明亮，健壮的身体更加健壮，高昂的头颅更加昂扬。让我们黄色皮肤闪现青铜的色泽，铿锵有韵。

流水让我怀念恩典，并溯流求源。

于是，让流水优雅地走不定期我们含泪的双眼，直流进心灵的深处。

人　家

杜牧那句古典的诗句把你打扮得若隐若现。

真正认识人家，是在一回回旅途中，一杯杯浊酒间，一轮轮圆月下，一次次独处里……

我们已无法用情来表达咱这感悟，峰回路转之处，人家等待疲惫的脚步一缕缕温香的炊烟无声地问候。

人家，白云生处的人家，风雪笼罩的人家。

一声犬吠欢腾了世界，

一声鸡鸣嘹亮了心境，一盏油灯点明了道路，一句问候温暖了孤独的心灵……

这是生命的风景，还是生命的粮食？

经过百转千回，越过万水千山，当面对每道柴扉，当举手叩门之际，我们的心灵都敞开着……

（原载《泉州青年报》2005 年 5 月 28 日）

秋天的故事

一

分析秋天的段落，首先从镰刀开始，田野的情节展开，便看见群峰在上面舞蹈。众神的歌唱，使村庄临水而居。早起的炊烟抬高了形容大地显得空阔而辽远。主题就掌握在父亲的手中。生锈的去年，在他的磨镰声中熔发出今秋的光芒。

一首民谣，渐渐靠近了植物的根部。镰刀的寒光隐含杀机，为情节的展开埋好了伏笔。

二

我的房子很陈旧而且很潮湿。母亲已年迈成风中之烛，她便给我讲房屋的神话。每天，我都在这路浴泽中，雄居于高山之巅，去接近鹰的姿势，像太阳一样普照山峦。

而雨水准时来临。我便荷锄，走父亲的老路，唱着母亲的旧歌，绵长的路没有尽头。

遍地经霜的石头，像茅草一样站成茅草。

三

秋天不是谁一个人拥有。

这是鸟儿找到了飞翔，音符找到了歌唱，树叶找到了泥土，大地找到了芬芳。

我们能找到什么？

四

把名字签在秋天的扉页，我们就该对家园负责，依次翻阅秋天的章节，用双手擦拭农具，用家具打磨土地，用土地养活稻谷。

我们的双手，使我们懂得了粮食的出处，以及每一次劳作的意义，过于瘦削的骨节，让我们把粮食的意义，概括在仓廪之中，然后猜测秋天的心情从自己的角度出发，打听春天的消息。

我们和秋天同时到达，到达茧和果实。回望家园，正在一片祝福之上，逐渐成熟。

五

之后便是待嫁的稻田，引出悬念。

我们的父辈学会了蘸着阳光在石上磨镰，我们的母亲熟练地在灯光下飞针走线。这些因情感动我们，用最后的皮肤等待果实。

当田园沉甸如谷穗，我们走去，在一种金色的光环里，写诗或劳作。秋天的诚实，已不满足于纸上的栩栩如生，只有躬身，才是接近果实的唯一含义。

直到枯叶落满青山。我们知道，下一个秋天首先是农业，然后是情感。

六

我秋高气爽的妻子，正在为我打点行装。

我籽粒饱满的孩子，用纯洁的笑脸为我送行。

而我，愧对秋天，我一无所有。

七

现在让我们离开典型的环境，上升到山的高度，俯视秋天，了解关于秋天的背景知识。

看风是怎样梳理每一株植物，看植物是怎样虔诚地垂向秋天，看秋天如何在马的清泪中成熟，看马的踪迹如何被八月的飞雪覆盖。

然后，我们积聚起秋天的余温，化开故乡远山上陈年的积雪，寻找远去的蹄声。

八

再让我们运用倒叙的手法，回到最初的种子。

以种子的名义，拒绝每一个空手走过秋天的人，让他们踅回家园，取下闲置多年的农具，再捎上干粮，和棉衣，准备经历意想不到的冬天，因为我们一生的旅途，经过不了几个秋天，这才是高潮，是秋天的主题所在。

九

总结秋天，我们不忍心指出缺点。只好运用反语，祈愿她堕落，堕落成家园之上的粮食。

（原载《泉州青年报》2006 年 7 月 23 日）

背 叛 父 亲

一

我曾以为我是诗人，可以指望我的诗歌，在闽北的雪地上独自奔行，为远在家乡的父亲写一幅画像。当我的笔锋接触远逝的岁月，才知道自以为是的诗行竟容不下父亲嶙峋的骨头。在岁月深处的缺口，错综别致的枝丫包蘸月色，在黄土地上作了一幅水墨画。

二

村口的石磨沙哑的民谣，日渐气短，它把粮食磨成了日子，同时也把父亲走过的路和桥磨成了折折叠叠的年轮。五谷杂粮是父亲最淳朴的语言。筛去糠，往往望见了父亲的柔情。

三

父亲弯成了鞠偻的木犁，在天空最深处开垦一家人的岁月。刚刚耕耘过的皱纹里种下一颗不羁的星星。掬捧汗水浇灌。他深信收获的是一轮皓月。

四

耕牛驮着夕阳回家，后面跟着瘦瘦的父亲。用岁月的斧子把泣血的夕阳劈开给母亲当柴烧。老屋的门槛上，父亲在抽着呛人的烤烟。

五

六月。金黄的稻田里翻涌着黄色的浪涛。父亲又弯成了一株金黄的麦穗，我呵，我是麦穗上指向天空的麦芒。舞动的镰刀划伤了脚踝，滴落的血飞溅在秸秆斜斜的刀茬上，是这般的殷红与鲜艳。我的骨头中刻记着你的血液！

六

家门口的老井。湿漉漉的井绳。挑水的木桶。吱吱嘎嘎的辘轳。常常把我深夜的睡梦刺痛，仰望岁月深处，岁月的篱笆隔断了父亲的村庄，而我背叛了父亲的王朝。开往晋江的汽车在父亲的心头沉重地叹息，远行的车轮从父亲的额头碾过，我的心也同样碾得很痛很痛。

七

月圆的日子，常常把父亲送的竹笛吹响。星星点燃月亮。父亲借着月色，用斧头雕刻日子。编织母亲手里的油盐酱醋。编织房屋和砖瓦。编织我们四姐弟的衣裳。编织父亲头上的根根银发。日子在父亲布满老茧的手指间悄然远逝。伤痕累累的年轮爬满父亲皱纹堆垒的脸。凝重、苍沉。

八

不落的月亮，挂在树梢上的村庄。黄昏的羽毛和风飞过雪野与山冈，在空灵的最深处凝听原始的心语。寒风凛冽的冬夜，父亲的心总在村口焦灼的张望。西北风啊，你是否已经到了我的家乡？

九

仰望岁月深处。耕牛拖着木犁深深地亲吻黄土地。镰刀和鲜血亲吻麦穗。背叛父亲的我，伏在父亲的肩膀上，无语凝噎。

（原载《泉州青年报》2006 年 8 月 16 日）

故乡的四季

油 菜 花

绿意婷芳的季节。

春雷带着雨丝刚过，泥土便带着丝丝清新，在松柔丰润的唇间，尽情地吮吸着带露的嫩绿，如同婴儿在尽情地吮吸母亲的乳汁……

遍野的金黄油菜花，透出初春的欲望，与粉红的桃花、绿油油的柳枝，交相辉映，在春风中轻轻地摇曳。

蜜蜂与蝴蝶在金黄的花海中抖动浓艳的裙裾，翩翩起舞，犹如颂春的散文诗满怀诗情与画意，点缀出醉人的激情……

那一对对恋人在望不到边的花丛中，以垂柳的抽翠为蓬，以柔软的草地为席，相抚而坐，相依相亲，采摘着金黄色的油菜花和手拉手的秘密，说笑间不时流露出童年的稚趣……他们的嬉戏对话，又好像是在自叹不如油菜花的烂漫和多姿艳丽……

放眼远眺，这油菜花似超越生命的艺术浓缩……在这油菜花竞芳的日子里，我们在呼吸自然，与古典的魅力相融，营造着绵绵不断的生命所需……

柳　笛

在夏天，一根有着阳光一样光芒的柳笛，怀着牛背上娃仔喜悦的心情，轻轻地横到夏天的唇间，日子也就更明媚了。

灵巧的手指，像许多生长的诗情，把画意描绘；又像许多生长的音乐，把乡情浓缩。

在晨曦的包围中，手指下有一处处蛙鼓人喧的耕地，牛儿在发出笃实的低吟；手指下有一片片土肥水美的草地，牛在久久地回味；手指下有一条条充满欢笑的小河，牛儿在尽情地沐浴……

夏天也因此在柳笛声中来来回回地穿梭、忙碌。一丝丝浅浅的花香裙裾般地在柳笛声中悄悄地旋开。

柳笛声，拂过长长的夏风，缠绵起一颗颗乡亲的心，让激奋涂满出生活的朴素！

收　获

收获的季节中，我喜欢看金黄的谷穗在秋风中点头。

我时常惦记父老乡亲是怎样张开双臂以舞蹈者的姿态在金黄的舞台上表演，表演着一种非常纯朴而又粗犷刚劲的节目。

收获的季节中，大地属于金黄色的硕果。

那些被秋风羞涩的谷穗，是腼腆的新嫁娘在弹奏镰刀下的丰收曲，并矜持地倒卧在父老乡亲最甜蜜的怀抱中。

……

而对一茬又一茬的收获，我只不过是匆匆的游客，如过眼云烟，随风而逝。

一种难言的隐痛在我的记忆中掠过，曾忆借着阳光把那些希望插进沃土中，而最初的翠绿却夭折，因为沃土在干涸之时，没有及时用汗水去浸润……

站在收获的季节里，我常常为过去而深思，同时也默默祝福我的父老乡亲。

金黄的收获，永远属于用大把大把汗水浇灌希望的父老乡亲，在这里还可以收获到勤劳和善良的升华。

踏　雪

雪是老家冬天的第一篇散文诗，用脚印书写得抑扬顿挫，使自己在田野的深处，渐渐地变成一粒追逐春天的种子。

那条通向远方的小径，被希望从雪地上渐渐拉长、远去。在雪后的阳光下，我看到了人们正在寻找比雪花还轻盈的希望……

在这踏雪的日子里，和我一样的乡亲们，抬头仰望远方的田野和银装素裹的树枝，看几只麻雀是以怎样的姿态飞过的，或站成枝头上一朵朵深灰色的花朵。

雪停后，屋檐下又长出了一串串亮晶晶的音符，溅起了踏雪心间对雪后阳光的眷恋，想象不出如果用它们来装帧我们的生活，该会有多么美好……

踏雪，擦拭一次又一次被尘埃粘满的心灵……

（原载《泉州青年报》2002 年 3 月 25 日）

蝴 蝶 标 本

我带学生见过蝴蝶标本展览，竟觉得这些色彩缤纷的精灵似乎比活着的更有生机。

它们的生与死竟一样完美。

它们像一件件文物，讲述着季节的沧桑变化，讲述着田的花香自由，讲述着年轻人追逐它们时的浪漫与甜蜜……

讲述着网，一张张无情的网。

讲述着银色的大头镇，刺进它们活生生的体内，并固定住比传统中天使的翅膀还要美上何止千倍的灵巧的翼翅。

没有血流出来，没有挣扎时痛苦的声音，只有静止，静止成秋叶般示威着的美。

我不忍再看，步出展厅，我面前是饶有兴致地排起长队准备参观的漫漫人群……

据称：他们都是爱美的人。

（原载《泉州青年报》2001 年 1 月 15 日）

蚂　蚁

　　小时候，家乡的小伙伴们告诉我蚂蚁的尾部很酸且有甜味，不知为何，我始终不敢尝试其中的味道。

　　但是我同我的小伙伴的确一起掘开蚂蚁的家。那是幢奇妙的建筑：上上下下，弯弯曲曲，或大或小，真令人惊叹。然而，即使是"家"被毁了，依然有蚂蚁在不顾一切地搬运白米粒一样的蛋。跌跌撞撞，前仆后继，像是大地震时抢救孩子的人们。

　　长大后，我虽对"蚂蚁啃骨头"一类的问题不感兴趣，但听见有蚁穴毁了大堤的事也不愿妄下恶辞——大水不也毁了蚂蚁的家吗？生存，是一种迫不得已的选择，谁真的具有恶意呢？那些被洪水冲走的蚁群，又如何去找回自己温馨的家呢？

　　我终不敢问自己过多的问题……

（原载《泉州青年报》2001 年 1 月 15 日）

行走的岁月

月光依然，归路恢然，路者雨后的泥泞、回到故乡。

霜晨依然，雁阵依然，飞扬的思绪依然。依然在雪后的早晨期盼。

改变，不是岁月的轮转，嬗替不是你的容品，属于青春，属于蓝天，属于我们共有的昨天，已封锁心间。

黛色的青山，绿色的校园，操场和操场那边的呐喊，已成为美好的记忆，而今，共有的空间，阻隔着心灵的大山，默契和无间友谊只存于字典中吗？

揭开封存的画面，才知风过、雨过、霜过、雪过的日子都已走远。

（原载《泉州青年报》2005 年 10 月 23 日）

童　年

很久以前，我们围在外婆身边，听她讲古老的从前，月光如水，夏夜如梦，童年就像水上之船，轻轻地飘到了彼岸。

不知从什么时候起，我们耳边少了外婆的叮咛，眼里却多了妈妈的忧伤，我们总忘记妈妈村口伫立的身影，她摇摆的手，送我们上路，也送走了低矮的院墙。

我们就在别人的城市里寻找属于自己的坐标。

这世界变化真快。

城市的节奏，使我们在不习惯中习惯了紧张。

我们想找一块喘息的土地竟是那样不易。

于是，在灯和影交汇的夜晚。想起了黄土地。想起了我们古老的村庄。

妈妈，这个变化的世界属于我们吗？

（原载《泉州青年报》2005 年 10 月 23 日）

星　夜

　　这个有星的夜一定是要铸就一个永久的故事吗，为什么我为你送行，你的一脸严肃爸爸要拒绝我的到来，是星也冷冷，心也冷冷吗？

　　那夜的荒凉，和荒凉以外的世界，让我害怕，一直到今天，那个冬天的夜啊，风吹瘦了我的影。

　　星夜，你的另一个名字叫别离，曾经共有的时光已破碎成古老的镜子，你和你的笑容，分离成毕加索的油画，可以珍藏，难以解读。

　　那个有星的夜一定已铸就一个永久的故事了，分离以后的思念是不是窗外的明月呢？

　　我听、我思、我想，你家那边的梧桐一定生长成了另外一种风景了。

（原载《泉州青年报》2005 年 10 月 23 日）

一个人·五座城

韶　山

寻常的山，寻常的水，镶嵌在历史的某个起点上，焕发着耀眼的光芒。因一个人的名字而英气勃发。凛然正气，漫延过那座木桥，豪迈挥手的瞬间，被定格成一代经典的姿势。

诗的恢宏，书的遒劲，睿智的红松茁壮挺拔，韶山冲里那清澈的溪流边，青春正盛，壮怀激烈。

韶山记得，面朝黄土背朝天地平淡几百年后，这个村庄，已然用纵横的大笔，宏伟地抒写了"传奇"这个词汇。

韶山，已与那个人血肉相连，穿透本色自然的土墙黛瓦，荷塘稻田，悠然的现代炊烟，如水的人流探究这个村落深远的背景和故事，找寻信仰和力量，内心油然佩服那个人绝对的刚毅和勇气。

井冈山

马蹄声远，硝烟褪尽，群山以一种巍峨，凝固成永恒。

青山云海深处，掀开苍莽，依然能感受当年金戈铁马的连天烽火。

旌旗猎猎，激越的号角，破空而来，纷飞的弹片，艰苦卓绝。浩荡的会师，一段二万五千里路的破茧成蝶。临峰而立的那个人，坚定深沉的目光已然洞穿岁月的风尘，将力量的激昂，传向更远的远方。

高山之上，朴素而崇高的主义光芒万丈；高山之下，躬背种地的人生演绎磅礴的诗篇。

这是一个伟人"落草"的地方；

这是一个英雄崛起的地方。

一个浓浓的湖南口音，报道敌军宵遁，那自信的词锋，独特的风度，以星星之火之势迅速燎原。

我们敬仰的目光向上攀缘，难以抵达雄伟的高度。古老的风景依然生动，历史深处，俊秀与高峻，炽热与葱茏精彩成革命画卷中最美的风景。

遵 义

1935 年 1 月的一天，遵义是中国生死攸关时刻的一艘船。

许多四面八方的志士，汇集遵义的历史渡口，等待未来航道和航向的决定。

万钧重担一线悬，在许多人失手落马和更多人的铮铮期望中，那个人，用有力的双手，挥舞了几天几夜之后，新的舵手，确定了新的航道和航向。一队整齐的雁阵，于烈烈西风中，激荡着粗犷与浑厚。

志士们开始新的征程，中国历史开始新的航行。

再夺娄山、四渡赤水、夜过乌江，塑成一尊尊红军历史上高大的造型。举足轻重，在这造型的注脚里，焕发新的生机。

远山延绵着一片叠嶂，一缕如梦的斜阳，摹写出壮丽的色彩。遵义，灿烂成一种赤诚的鲜红。

延 安

延安，是镌刻在历史章节上的一段史诗。

高原风紧，摇曳不尽的是高粱的芳香。最能吃苦的是延安人，最能唱歌的是延安人。

那个人，站在山坡上轻声哼出的歌谣，成了唱彻大河上下的那一曲信天游。逶迤的延河水边，那个人的脚印，像暗夜里的北斗，熠熠生辉。

宝塔山下，窑洞里星星点点的灯火，皈依春天的黎明，播撒信仰的种子。一支衣衫褴褛的队伍，在此落脚，便成了中国革命的大本营；一队威武之师，在此蜕变。那个人，写下"谁敢横刀立马，唯我彭大将军"的骄傲。

延安，是一个传说，但延安，绝不只是一个传说。

这个饱经沧桑的老父，头裹白羊方巾，在澎湃的黄河水边，在雄浑的安塞腰鼓声中，举起红旗，迎风而立，迎浪而舞，不朽的民族魂，就此升腾飞扬。

面对延安，我们的目光会像黄天赤土一样深厚，有一种震撼，从红军的扁担下，从挥汗如雨的农人肩上向我们袭来，传扬着史诗的故事，丰富着史诗的内涵。

北　京

二十八年的栉风沐雨，二十八年的血火征程。

曾经羸弱瘦小的七月变得强壮。终于，胜利的千军万马从西柏坡奔涌南下，将黑暗驮向光明，北京瞬间突显成世界的大焦点。

1949 年 10 月 1 日，庄严的华表，披上曙光，在千年的古城墙之上，那个人，一句话："中华人民共和国成立了！中国人民从此站起来了！"激起了天安门广场前万众一心的欢呼。

这句开天辟地的话期待了太久太久，这个声音，穿越华夏山山水水，城市农村，穿越世界每个角落。让千万万曾佝腰驼背的人们，扬眉吐气，志气昂扬。一个时代，从此奏响了神圣的序曲；一个梦，从此开始铿锵璀璨。一个民族开展涅槃再生。

六十六年过去，弹指一挥间。回荡在北京上空的那个声音，那震耳欲聋令人警醒的湖南土话，依然在昭示着我们——历史不重演，未来在路上。

（本文获 2015 年晋江市"铭记历史·筑梦未来"主题征文比赛一等奖）

附 录

徐建平的眺望

蔡芳本

在学校的最高处，那座六层楼的顶楼，徐建平常常站在那里，目光穿越远方的蔚蓝云天，心中涌动着一种难以言喻的情感。他意识到，自己的人生旅程，似乎总是与眺望紧密相连。生活的悲欢离合，似乎总在地平线的另一端徘徊，唯有通过眺望，才能偶尔捕捉到那些温暖而明悟的瞬间。眺望，对他而言，不仅是对未知的渴望，对不确定性的接纳，更是在刹那间获得心灵顿悟的途径。徐建平的散文集叫《眺望》，眺望什么呢？按徐建平的叙述，他眺望的其实就是家园。

第一个家园是他的故乡。每个人都有自己的故乡，对于那些远离故土已久的人来说，故乡成了心中最温柔的牵挂，最适合用来眺望。19岁那年，徐建平刚从师范学校毕业，带着对未来的懵懂与期待，从家乡武夷山踏上了前往晋江的旅程。从此，每年的车轮滚滚，不仅带走了时间，也悄然增长了他的年龄。思乡，这个深植于每个中国人血脉中的情感，对他而言，尤为强烈。每当夜深人静，或是某个不经意的瞬间，他的思绪便会飘向那千山万水之外的故乡——那里有着"双世遗"的美誉，青山绿水间，茶香袅袅，植物生长的声音、雨水的滴落、露珠的闪烁，都化作了他梦中反复回响的旋律，成了他魂牵梦萦的记忆。故乡生他养他，故乡的一切给了他最坚实的营养，一个小镇，一座大山，他的爹娘，他的乡亲，那种独特的民风民俗，都给了他挥之不去的深刻记忆和强烈的情感。他总是搞不清，自己是那个少年，还是树上的那只鸟，或者是河沟中的鱼。"我想，我应该回到那个被我叫作'故乡'的地方，回到那里的天空和原野中，听凭道路选择我的梦境，听凭吹过脑际的风翻开页码混乱的记忆……"

在那里，风声、虫鸣、蝉鸣、蛙鸣交织成一首首自然的乐章，每一步都踏着诗意的节奏。徐建平每天都会在鸟鸣声中醒来，各色鸟儿的歌声仿佛是一场场竞技，他静静地聆听，试图从那些错杂的声音中分辨出每一种鸟儿的歌声，甚至那些不熟悉或叫不出名的声音，也渐渐变得清晰而生动。天高云淡，蔚蓝的天空下，成群的鸟儿掠过，让人不禁错觉，那云朵就是它们温馨的巢穴，而此刻，正在见证着它们离巢的瞬间。四季更迭，每一季都有不同的风景，每一次的离别与回归，都让故乡的形象在徐建平的心中时而模糊，时而清晰。他深刻体会到，无论岁月如何变迁，家乡的土地始终坚守着孕育生命的初心，从未改变。徐建平用优美的文笔将家乡描摹得十分迷人，他将家乡诗意化、情感化，凸显出家乡有无限的魅力，足以吸引更多的温暖和艳美的眼光。徐建平的眺望因此显得更有意义、更加深远。

从哲学的角度来看，人或许再也无法回到最初的故乡，但这份无法触及的遥远，并不影响徐建平心中那份深深的感恩。

每当思乡之情涌上心头，他就会向故乡的方向眺望，那里，老家是远眺的终点，炊烟是悠长的慰藉。而现在的家园是他赖以生存发展的地方，是他的第二故乡。在第二个家园里，他的生活与孩子们紧密相连，他发现，眺望，也是对孩子们最好的姿态。每天，在校门口，徐建平带着日益慈祥的微笑，眺望着一个个、一群群孩子向他走来。他与每个孩子击掌、问好，鼓励他们"笑一笑"，这成了他每天最幸福、最治愈的时刻。击掌，就像打开了一扇窗，让他得以窥见另一个世界的丰富多彩。在这里，他眺望的是理想的世界，是事业的广场，是精神的集聚地。

在这里，他看到了孩子们惺忪的睡眼，嘴里狼吞虎咽的早餐，开心的交流，紧锁的眉头，有条不紊的从容，以及丢三落四的慌张……他见证了孩子们带来的惊艳作品，五花八门的装备，还有那些温馨、可爱、得意的瞬间。每一次击掌，都是一次心灵的交流，每一个与众不同的发现，都成了他与孩子们沟通的桥梁，他甚至可以与孩子们击掌为盟，共同约定美好的未来。用一棵树去摇动另一棵树，用一朵云去推动另一朵云，用一个灵魂去唤醒另一个灵魂。

在眺望中，孩子们如同五彩斑斓的花朵，绽放出各自的光彩。在这里，他和他的孩子们创造的各种荣誉记录了孩子们成长的足迹。眺望，也是徐建平对同事们最好的姿态。徐建平每天都会细心观察同事们的正能量行为。他切实落实"情感留人，待遇留人"的理念，和他的伙伴们精心打造着学校这一个家园的文化。作为一个教育工作者，徐建平始终认为，人的一生中最长的学习生涯是小学阶段，整整六年，养成良好的学习和生活习惯，必将受益终身。因此，他管理的学校提出了"十个好"细节习惯培养目标：好品德、好才艺、好阅读、好运动、好书法、好口才、好文章、好探究、好倾听、好劳动。他将这十个好习惯在这本书里做文学的细化，有关教育的一切得到至要的阐述。作为一个教育工作者，时时不忘教育，体现了徐建平的良知，体现了徐建平的责任和情怀，无疑增添了这部散文集的分量，这部散文集因而有了别样风格。有抒情，有描写，有议论，徐建平搬出了十八般武艺，充分地亮出了自己的文学实力和思想主张，这部作品的丰富多彩就不用多说了。

对于文学，徐建平保持着眺望的姿态。文学是徐建平对未来家园的眺望。几十年来，他对文学都怀有深深的敬畏之心。与许多作者一样，文学不仅是他记录生活的工具，更是情感的寄托，是思想的火花。他喜欢在夜深人静时，独自坐在书桌前，面对空白的纸张，或是电脑屏幕，用文字记录下自己的所思所感。那些关于故乡的记忆、关于孩子们的点点滴滴、关于同事们的温暖瞬间，都化作了笔下的文字，流淌在纸张上，成了他心中永恒的印记。有一个阶段，徐建平作品频出，屡屡在报刊亮相，后来由于工作关系，徐建平做了一些调整，并不忙着拿去发表，而是慢慢积累，持续耕耘，终于有了这一部作品的问世，这也应了一句老话：功夫不负有心人，可喜可贺。文学是徐建平的另一个家园，是他眺望的动力，他用文学来眺望未来，值得许多人学习和借鉴。

总之，对于徐建平而言，眺望，是一种生活态度，也是一种人生哲学。这让他在面对生活的种种不确定性时，能够保持一颗平和而坚韧的心；在面对孩子们的成长时，能够给予他们最真挚的关爱与鼓励；在面对同事们的付出时，能够给予他们最充分的认可与支持。眺望，让他看到了更广阔的世界，也让他更加珍惜眼前的每一刻。相信在未来的日子里，他将继续保持着这份眺望的姿态，用心去感受生活的美好，用爱去温暖身边的每一个人。生命注定以被眺望的姿态，停留在记忆的枝头，述说着无止无尽绵绵不绝的生命挚爱，长你的叶，开你的花，结你的果。

（作者系中国作家协会会员、泉州市作家协会顾问、泉州市文艺评论家协会顾问）

有感于徐建平的眺望

刘志峰

时间一晃就是 20 多年，再见徐建平那天是 2024 年的冬至，我正在五店市传统街区大夫第主持一场文艺雅集，徐建平带着一沓打印并装订成册的书稿如约而至。他写了一本散文集，书名"眺望"，要我帮忙编一编，找家出版社出版。

大概是 2000 年左右，徐建平师范毕业引进到晋江磁灶镇的一所农村小学任教，就成为该镇一份内部刊物《磁灶青年》的骨干，旋即便成为晋江市文化馆《星光》杂志颇为活跃的业余作者。

认真说，我和徐建平在平常的生活中没有太多交集，毕竟那段时间交通还不是像现在如此发达，磁灶到市区似乎还隔着"千山万水"，传呼机、手机等现代通信工具和手段尚属稀罕物，作者见面交流活动一年也就那么三两次。恰合"君子之交淡如水"。

记不住哪一天他突然从《星光》的队伍中消失，这可能与我工作关系调离晋江 18 年，对朋友的关注度少有关。又突然哪一天，徐建平的名字重现报纸杂志，再次进入我的视线。又突然哪一天，他找到了我的电话，才有这次重逢，可以续写一段新的友谊。

其实这些年，多多少少还是听闻一点点他的消息。只因我身陷"江湖"，疲于"江湖"，心不在焉，不是那么清晰。现在读他的《眺望》，才有些明了：他自诩在晋江教育系统应该算是一个比较有故事的人，"从一所农村小学教师起步，到农村小学校长，到教委办教研员，再考入教育局机关，再竞聘股级事业干部，2018年又重新主动要求回到学校，当时人社局还非得让我写份承诺书，不许反悔——我是第一个从机关又主动申请回到学校的人"。

我知道吃教育这碗饭不易。我也曾经有过在被誉为"晋江最高学府"的名牌中学吃三年饭的短暂经历，就匆匆逃离，而他在条件简陋的农村小学、基层教委办吃了多少年才"熬成婆"，还将把这碗饭吃到底。

徐建平的教育情怀，值得赞赏！值得致敬！值得学习！

徐建平的《眺望》这本书，包括"五彩履痕""如影随形""若有所思""一掬心香"4辑。"五彩履痕"是教育随笔，"如影随形"是亲情散文，"若有所思"是影评书评，"一掬心香"是散文诗。

我最欣赏的是"五彩履痕"这辑。《让仪式感丰盈学生的生长》《临窗是种治愈》《击掌相和》《藏在"藏头诗"里的故事》《教育如茶》……篇篇读来，都能映现他的教育经验和教育理念。他说："我写了句话刻在墙壁上，作为团队的价值观，与学校的伙伴们共勉：'让孩子站在我们的双肩探索五彩的世界，让孩子们透过我们的双眼烛照最好的自己。'"他不只刻了这句话，他还在学校的花圃上立了块石头，上面刻了大大的"五彩"两个字。

我最感动的是"如影随形"这辑。《没有父亲的离别是苍白的》《父亲推了我一把》……恋乡之心、思亲之情，字字催人泪滴。

"今天，在学校最高的六楼顶楼，望着远处蔚蓝的云天，突然觉得，一路走来，我都与眺望有关。生活的悲喜永远在地平线以外，只有眺望，才有可能瞥见一瞬间的温暖与明悟。眺望的意义，在于不确定，在于未知，更在于刹那的顿悟。"

"每个人都有自己的故乡，对于背井离乡久的人来说，故乡最适合眺望。"

"我每天的生活都与孩子们有关。我发现，眺望是对孩子最好的姿势。"

"眺望，也是对伙伴们最好的姿势。每天，我都会留心观察伙伴们的正能量行为……"

以上都是我摘录的徐建平关于"眺望"的阐释。如果你读完这本书，并且能够由此走近徐建平，走进徐建平的内心世界，那不妨让我们和徐建平一起"用眺望，敬初心，见未来"，一起用眺望去书写人生的轨迹……

后　记

　　今天，在学校最高的六楼顶楼，望着远处蔚蓝的云天，突然觉得，一路走来，我都与眺望有关。生活的悲喜永远在地平线以外，只有眺望，才有可能瞥见一瞬间的温暖与明悟。眺望的意义，在于不确定，在于未知，更在于刹那的顿悟。

　　每个人都有自己的故乡，对于背井离乡久的人来说，故乡最适合眺望。19岁那年，师范刚毕业，从老家武夷山带着懵懂和期待，来到晋江工作。此后，每年在车轮的流转之间，年龄渐长。思乡应该是扎根在所有中国人骨子里的基因，常常地，就会想起千山之外有"双世遗"之称的老家，青山绿水，茶香氤氲，所有植物生长的声音及雨水，露珠的声音，都成了梦牵魂萦的记忆。侧耳细听都是乐章，风声、虫鸣、蝉鸣、蛙鸣等，每走一步都是诗意。我每天都会在鸟鸣声中醒来，各色鸟鸣竞技。静静地听，或许能从错杂声中分辨一二，还有不熟悉的或叫不出名的声音千差万别，愈来愈清晰。天高云阔，澄澈的蔚蓝上，成群的鸟飞过，你会误以为云朵就是它们的窝，刚刚好你见到它们离巢。一年四季如是，一年四季均有不同的诗情画意——在一次次的别离与回归中，故乡里面模糊，时而清晰。突然发现，家乡的土地，从没有一刻改变初衷丧失孕育生命的功能。从哲学意义上说，人注定是再也不能回到最初的故乡了。但不影响我心怀感恩，在思乡的时候，向故乡的方向眺望——老家是远眺的回归，炊烟是悠长的治愈。

我每天的生活都与孩子们有关。我发现，眺望是对孩子最好的姿势。每天，在校门口，面带着日益苍老的微笑，眺望着一个个、一群群孩子走向我，我和每个孩子击掌、问好，鼓励孩子们"笑一笑"，是我每天感觉最幸福、最治愈的时刻。击掌是一扇窗，让人感受到了另一个世界的丰富。在这里，可以看到惺忪的睡眼，嘴里狼吞虎咽的早餐，开心的交流、紧锁的眉头、有条不紊的从容、丢三落四的慌张……可以看到孩子们带来惊艳的作品、五花八门的装备……有施同学大老远冲过来，迫不及待地说"我昨晚做了一个噩梦，被坏人追个不停"的可爱；有丁同学开心地说"我昨天生日，爸爸从外地赶回来一起过生日"的温暖；有故意特别用力和我拍手后的"小阴谋"得逞后的得意；有用英语问候的"good morning"的清新；还能听到咳嗽声、感受到异常的体温、察看到受伤的创口……每个与众不同的发现，都能成为与他们交流的切入口，更可以与孩子们击掌为盟，约定美好……在眺望中，孩子们"五彩"生长，无人机创意编程获得了全国冠军，轮滑冰球队在 2022 年大年初上亮相中央电视台，5000 多人次的各级各类奖项，记录了孩子们成长的痕迹。

眺望，也是对伙伴们最好的姿势。每天，我都会留心观察伙伴们的正能量的行为，背受伤的孩子去医院，帮孩子打汤，在树荫下探讨教学，午间用心辅导学生，运动会上与孩子们一起加油……开教师会时，第一个环节，就是公开点赞这些正能量的行动。争取安踏集团和校董会，每个教师节期间，进行奖教奖学。同时，为伙伴们送上一首自创的诗贺卡，每年为伙伴们争取一套运动服套装，重病、生育必访等。落实"情感留人，待遇留人"，精心打造"家文化"。2018 年以来，学校从"一校一区"发展为"一校三区"，占地面积从 38 亩增加到 102 亩，建筑面积从 1.5 万平方米增加到 6.6 万平方米，教学班从 48 个增加到 105 个，学生从 2074 人增加到 4938 人，教师从 126 人增加到 296 人。此外，更为伙伴们争取各种展示的平台，争取了 70 多场福建省、泉州市、晋江市各级以上的活动在学校举行，170 多名伙伴得到展示。高级职称从 3 人增加到 14 人，骨干教师从 10 多名增加到 50 多名，涌现出泉州市领航名师陈淑萦、泉州市优秀班主任郑佳玉等一批年轻优秀的伙伴。因为眺望，伙伴们有希望，团队有力量。

对于文字，也适合用眺望，一直以来对文字以及载有文字的介质饱含敬畏之心。在使用文字的时候，也总是战战兢兢。我细细体味每一个字的意味，感受它无穷的魔力、魅力，感受它的美，不敢冒用、擅用，更不敢滥用。我是一个对自己的事散漫的人，说了大家可能不信，我甚至忘记了处女作发表的时间、媒体和文章名。但很感恩，在文学的路上，有良师益友一路陪伴，泉州、晋江的文学前辈们刘志峰、蔡芳本、李锦秋、吴芸、张惠阳等人，在文学路上均给了我鼓励、指点。特别是在从异乡到晋江的第一站，一所规模极小的农村小学简陋的宿舍里，投稿后，刘志峰先生给我亲笔回了一封信，独特的字体，满纸的鼓励，几经搬家，信已遗失，但彼时的心情，仿佛昨日。

我常对伙伴们开玩笑说，在晋江教育系统，我应该算比较有故事的人，从一所农村小学教师起步，到农村小学校长，到教委办教研员，再考入教育局机关，再竞聘股级事业干部，2018年又主动要求回到学校，当时人社局还非得让我写份承诺书，不许反悔——我是第一个从机关又主动申请回到学校的人。

一天，我写了句话刻在墙壁上，作为团队的价值观，与学校的伙伴们共勉："让孩子站在我们的双肩探索五彩的世界，让孩子们透过我们的双眼烛照最好的自己。"用眺望，敬初心，见未来。